KB150609

www.bbulmedia.com

Kerberos
켈베로스

Kerberos

2 켈베로스

BBULMEDIA FANTASY STORY

임준후 현대 판타지 장편 소설

목차

제 1 장

"오빠, 어디 가요?"

수업이 끝남과 동시에 채현의 눈치를 살피며 슬그머니 교실을 빠져나가려던 이혁은 사탕을 훔치다 들킨 아이처럼 흠칫했다.

"가긴 어딜 가, 그냥 몸이 딱딱해져서 움직여 본 거지."

헤실헤실 웃는 채현의 얼굴이 돌아선 바로 그의 앞에 있었다.

"애들이 오빠 보고 싶어 해요. 왜 자주 안 오냐고 날 달달 볶는다고요."

"자율학습 안 해?"

"헤헤, 한 시간만 하고 올 거니까 괜찮아요. 벌써 많이들 모여 있을 거예요"

"이 좋은 날씨에 동아리 방에 가자고?"

이혁은 노골적으로 싫은 표정을 지었다. 하지만 채현은 전혀 신경 쓰는 기색이 아니었다. 뭘 하든 이혁의 긍정적인 반응을 끌어낸 적이 없는 터라 아예 그의 반응을 보지도 않는 것이다.

"해가 길어지니까 더 좋잖아요. 공부도 하고 바느질도 하고. 얼마나 좋아요."

채현은 이혁의 팔을 잡으며 말했다.

너무 자연스러운 동작이어서 이혁은 피할 생각 같은 건 하지도 못한 채 팔을 잡혔다.

'헉!'

그의 이마에 식은땀이 솟았다.

그들이 있는 곳은 교실 뒤편.

이상우와 그 일당은 5교시 끝나고 나가서 돌아오지 않았지만 대부분의 학생들은 아직 교실에 남아 있었다.

그들 중 남학생들의 신경이 자신에게 집중되어 있다는 건 그런 면에 둔감한 이혁도 쉽게 느낄 수 있었다.

물론, 그가 아닌 채현 때문이다.

'불타오르는구나……'

고개를 돌려 그를 바라보는 학생은 없었다. 그러나 두

사람을 쉴 새 없이 힐끔거리는 남학생들의 전신에서는 한계치를 넘도록 받은 열 덕분에 발생한 아지랑이가 안개처럼 솟아오르고 있었다.

"어… 어, 그래 가자……."

이혁은 빨리 이 자리를 벗어나야 한다는 걸 알고 있었다.

그동안의 경험으로 보아 채현과 함께 있는 장면이 길어지면 길어질수록, 그리고 채현과 그의 피부접촉, 스킨십이 친근하면 친근할수록 남학생들이 받는 자학성 스트레스의 강도가 더 강해질 것이 분명했기 때문이다.

그 스트레스가 어떤 식으로 발현될지는 완전 미지수였다.

그는 사흘 전과 같은 상황이 또 일어나는 건 정말 피하고 싶었다.

사흘 전 등교해 아무 생각 없이 의자에 털썩 앉은 이혁은 엉덩이가 벌집이 됐었다.

누군가 그의 의자에 나무 색과 동일하게 칠해진 압정을 10여 개나 깔아두었던 것이다.

교실 안에서 테러가 있을 거라고는 상상도 하지 못했던 이혁은 그대로 당할 수밖에 없었다.

비록 그의 자리가 창가인 데다 창턱이 만든 그늘로 인해 의자 쪽이 어두웠다고는 해도 조금만 주의를 기울였

으면 충분히 피할 수 있었을 그런 조잡한 테러에 이혁이
당한 것은 방심했던 탓이다.

장소가 교실 아닌가.

게다가 그는 이곳에서 그 정도의 테러를 받을 만한 짓
을 한 적이 없었다. 라고 그는 생각하고 있었다.

그는 곧바로 조사에 착수했고, 점심시간도 되기 전에
그 흉악한 테러범을 잡아낼 수 있었다. 하지만 범인을
공표하고 족치는 짓은 하지 않았다.

무사 안일한 학교생활에 전혀 원하지 않는 긴장감을
불어넣으려는 자들에 대한 경고의 차원에서 범인을 일벌
백계하는 게 바람직하긴 했다. 하지만 사정을 알아보니
그것으로 풀릴 일이 아니라는 판단 때문이었다.

압정을 깔아두는 잔악한 테러를 감행한 테러범은 교
실 앞쪽에 앉은 이정일이라는 평범하고 소심해 보이는
남학생이었는데, 테러의 동기가 그의 혀를 차게 했다.

이정일이 이혁을 미워하게 된 결정적 동기를 제공한
사람은 다름 아닌 채현이었다.

으슥한 벤치에 불려나온 이정일은 겁에 질려 있었지
만 채현을 수년 동안 짝사랑해 왔다고 망설임 없이 말했
다.

채현의 이름을 올릴 때 그의 얼굴은 뽕이라도 맞은 놈
처럼 보일 정도로 몽롱했는데, 상사병이 중증으로 진행

되고 있다는 걸 한눈에 알 수 있을 만큼 증세가 역력했다.

이정일이나 테러조사를 도왔던 장덕성의 말을 들어보면 지금까지 채현은 남학생들과는 이혁과처럼 어울린 적이 없다고 했다.

그런 채현이 이혁을 자신의 동아리에 끌어들이고 한시도 떨어져 있지 않으려 하면서 챙기려고 드는 모습에 이정일은 꼭지가 돌아버렸던 것이다.

문제는 채현이 지금처럼 이혁에게 끊임없이 다가서는 모습을 보이면 이정일과 같은 남학생이 언제든지 또 나타날 수 있다는 것이었다.

사랑은 국경도 넘는다는데 행여 들켜서 맞을지 모른다는 두려움 정도야 감수할 남학생은 얼마든지 있었다.

테러범을 두들겨 팬다고 해결될 일이 아니라는 건 명백했다.

"덕성아."

채현이 일어나 이혁에게 걸어갈 때부터 무언가를 기대하는 듯 상기된 표정으로 앉아 있던 장덕성이 벌떡 일어나 그의 앞으로 득달같이 뛰어왔다.

후다닥.

"예, 형님."

"바늘 챙겨라……."

"예, 형님."

있는 맥, 없는 맥 다 빠진 이혁과는 대조적으로 기쁨을 내색하지 않으려 애쓰면서 일초의 지체도 없이 교실을 뛰쳐나간 장덕성은 복도에 있는 자신의 사물함에서 작은 가방을 꺼냈다. 그리고 복도로 나온 채현과 이혁의 뒤를 졸졸 따라 걸었다.

4층에 있는 퀼트프랜즈의 동아리실로 들어서자 커다란 원탁 주변의 의자에 앉아 바느질에 여념이 없던 20여 명의 여학생이 환호성을 질렀다.

"혁이 오빠!"

"혁이 왔네!"

"어머, 덕성이도 또 왔어?"

"원래 덕성이가 얼굴이 두껍잖아."

여학생들은 1, 2, 3학년이 골고루 섞여 있어서 어투가 제각각이었다. 하지만 이혁을 환영하고 장덕성을 떨떠름하게 보는 공통점을 갖고 있었다.

이혁은 어색한 얼굴로 의자에 앉았다.

그의 오른쪽 옆에 뻔뻔한 얼굴로 장덕성이 앉았고, 왼쪽에는 채현이 앉았다.

'내가 바느질에 소질이 있다니……'

고개를 숙이고 장덕성이 가방에서 바늘과 천을 꺼내는 것을 힐끗 본 이혁은 온몸에 소름이 돋는 걸 느꼈다.

채현의 제의를 수락한 후 여학생이 우글거릴 것이 분명한 퀼트프랜즈의 동아리 방에 혼자서는 절대로 갈 자신이 없던 이혁은 장덕성을 끌어들였다.

　장덕성이야 꽃밭으로 유명하지만 금남의 지역이어서 접근이 불허되던 퀼트프랜즈 동아리 방에 갈 수 있다는 것만으로도 꿈인지 생신지 구분가지 않을 만큼 정신이 없었으니 이혁의 제안을 듣자마자 냉큼 승낙했다.

　채현은 장덕성 없이는 동아리에 가입하지 않겠다는 이혁의 마지막 발악을 망설이지 않고 받아들임으로써 잠재워 버렸다.

　그녀가 두 사람을 받아들이는 것에 대해 동아리 여학생들 사이에 논란이 없던 건 아니었다.

　남학생 가입불허라는 원칙이 있는 건 아니었지만 동아리가 만들어진 후 지금까지 남자 회원이 없었던 때문이다. 하지만 내년 동아리 회장으로 벌써 낙점된 채현의 뜻이 워낙 강경해서 동아리 여학생들은 항복했다.

　그 이후 퀼트프랜즈에서 벌어진 일들은 이혁을 끌어들인 채현은 물론이고 동아리의 여학생들과 은근히 이혁의 움직임에 관심을 기울이던 모든 사람의 예상을 벗어난 것이었다.

　이혁은…

　그 자신도 믿지 못할 정도로 바느질에 경이로운 자질

과 능력을 갖고 있다는 걸 그를 탐탁지 않게 생각하던 퀼트프랜즈의 여학생에게 보여주었던 것이다.

그는 채현이 보여준 퀼트의 패턴(일종의 설계도)을 한눈에 이해했고, 그의 손끝에서 움직이는 바늘의 속도는 보는 사람들이 자신의 눈을 의심할 만큼 빨랐다.

그리고 그렇게 빠른 속도로 바늘을 놀리면서도 패턴을 결코 벗어나지 않는, 그래서 버려지는 천이 전혀 없는 놀라운 정확성을 여학생들에게 선보였다.

퀼트프랜즈 회장이자 한복집을 하는 가업 때문에 십년 넘게 바느질을 한 3학년의 윤혜정도 따라가기 힘들 정도로 이혁은 경이로운 바느질 솜씨를 갖고 있었던 것이다.

이혁이 자신들과 같은 취미를 가졌다고 오해한 여학생들이 이혁을 좋아하게 된 것은 자연스런 일이었다.

그녀들의 상식으로는 수년 동안 끊임없이 바느질을 하지 않고는 이혁과 같은 솜씨를 갖는 일은 불가능했으니까.

그녀들 스스로도 이혁과 같은 외모에 바느질을 취미로 갖고 있다는 게 정상이라는 생각은 들지 않았다. 하지만 어쨌든 이혁이 소문이나 외모로 보이는 것과는 다르다고 생각했고, 그와의 거리감은 많이 사라질 수 있었다.

그녀들의 판단은 자신들의 경험에 기초한 것이었다.

퀼트처럼 섬세한 감각을 필요로 하는 걸 취미로 하는 사람이 단순무식하기는 정말 어려운 일이었으니까.

게다가 이혁은 여학생들 앞에서 곧잘 실수를 해서 어찌 보면 약간 멍청하게도 보였는데 그것이 또 여학생들과 그와의 거리감을 없애는데 일조를 했다.

왁자지껄한 여학생들 속에서 정물처럼 앉아 있는 이혁의 머릿속에는 자갈이 쉴 새 없이 굴러다녔다.

번잡스러운 것을 싫어하는 그의 성격상 여학생 20여 명이 웃고 떠들며 바느질하는 한복판에서 버티는 것은 대단한 인내심을 필요로 했다.

'내가 너무 수련을 열심히 한 탓이야…….'

이혁은 바늘을 잡고 있는 자신의 오른손을 원망스러운 눈길로 내려다보았다.

그 손은 바늘을 던져 10미터 떨어진 곳에 있는 땅콩을 꿰뚫을 수 있었고, 수백 개의 낙엽이 땅에 떨어지기 전에 모두 잡아챌 수도 있었으며, 바람의 결을 찾아내 그것을 헤집을 수도 있었다.

'누나에게 독도법(讀圖法)을 배운 것이 이런 데 쓰일 줄은 나도 몰랐지.'

시은과 함께 있을 때 그는 무술을 제외한 여러 가지 훈련을 받았다.

무술이야 그를 가르칠 만한 인물이 없었기 때문이고, 다른 분야를 훈련시킨 사람은 시은이었다.

그가 받은 훈련은 가히 첩보원이나 특수부대 요원들이 받을 만한 수준의 것이었다.

그리고 그중에는 당연히 자연지형과 도시, 건물의 설계도를 읽는 법도 들어 있었다.

그 기술은 지금 퀼트의 패턴을 읽는 용도로 사용되고 있었다.

시은이 이 사실을 알게 된다면 어떤 반응을 보일지 궁금한 일이었다.

'그때 바람만 불지 않았어도……'

이혁은 왼편에 앉은 채현의 쑥색 치마를 일별했다.

그의 뇌리에 벤치에 누워 보았던 장면이 떠올랐다.

장덕성이라면 천지신명께 감사할 일이었지만 직접 겪은 그는 내심 이가 저절로 갈렸다.

'으드득, 역시 대전 터가 안 좋거나 나와 맞지 않는 게 틀림없어. 그 순간 그런 돌개바람이 불 확률은 길가다 벼락 맞을 확률보다도 더 적을 거야……'

어렸을 때부터 숫자라면 학을 떼던 그가 그 장소 그 시간에 돌개바람이 불 확률이 얼마인지 알 리는 없었다. 하지만 그 확률이 극히 낮을 거라는 건 장담할 수 있었다.

생각의 와중에도 그의 손은 끊임없이 바늘을 움직였다.

그 바늘의 동선을 따라 귀엽게 생긴 하늘색 곰 한 마리의 윤곽이 천 위에 서서히 잡혀갔다.

"와아! 오빠가 바느질한 곰은 마치 살아 있는 것 같아, 어떻게 그럴 수가 있어?"

바짝 다가앉아 귓가를 간질이는 채현의 감탄이 그의 머리를 해머처럼 후려치고 있었다.

이혁은 한 시간 넘게 여학생들에게 시달리다가 간신히 그 자리를 빠져나왔다.

채현과 장덕성은 동아리 방에 남았다.

채현은 하던 것이 미처 마무리되지 않았고, 장덕성은 이혁이나 채현이 잡아끌기 전에는 등을 떠밀어도 절대 동아리 방을 나올 인간이 아니었다.

꿈에서도 그리던 꽃밭이 아닌가.

"후후후, 보기 참 딱한 표정인걸!"

어깨를 축 늘어뜨린 채 3층으로 향하는 계단을 털레털레 내려가던 이혁은 앞쪽에서 들리는 웃음소리에 고개를 들었다.

"너무 재미있어 하지 마라."

퉁명스러운 어조.

복도의 벽에 등을 기대고 있던 남영주는 이혁을 올려
다보며 싱긋 웃었다.

언제 봐도 인정하지 않을 수 없는 대단한 미남.

이혁은 눈살을 찡그렸다.

"속 긁으려고 기다린 거냐?"

"천만에!"

남영주는 양손을 들어 휘휘 내저었다.

"요즘처럼 채현이가 즐거워하는 걸 본 적이 없다. 그
게 전부 네 공이라는 건 사비고 전부가 인정하는 일이
야. 나야 고맙기 그지없는 일이고. 그러니 내가 네 속을
긁을 리가 있겠냐!"

"속 긁는 거 맞는데 뭘!"

계단을 다 내려온 이혁이 남영주의 얼굴 바로 앞에서
으르렁거리는 듯한 음성으로 말했다.

그가 말을 이었다.

"무슨 일인데 네가 날 다 기다렸냐?"

남영주는 할 말이 있으면 이상우를 시켜 이혁을 불렀
다.

사비고 내에서 무사안일한 학교생활을 하기 위해서는
남영주의 위치를 존중할 필요가 있었다. 그래서 이혁도
남영주가 부를 때는 토를 달지 않고 갔다.

남영주가 지금처럼 직접 이혁을 기다리거나 찾아온

적은 아직 한 번도 없는 것이다.

남영주는 잠시 머뭇거리더니 주변을 한번 둘러보고는 이혁에게 물었다.

"네가 하숙하는 곳이 오정희 여사님 집이라는 얘기가 들리던데 사실이냐?"

'…이 자식 스토커 기질이 있나?'

이혁은 미심쩍다는 눈으로 남영주를 보았다.

남영주의 오지랖이 얼마나 넓은지는 모르지만 다른 사람의 하숙집 주인 아줌마의 이름까지 알고 있는 건 오지랖이 넓어도 너무 넓은 것이다. 그리고 이혁은 학교에서 자신이 어디에 살고 있는지 남에게 얘기한 적이 한 번도 없었다.

결국 남영주가 그를 계속 주시하고 있었다는 말.

"꽁무니에 뭐 붙이지 마라."

남영주의 얼굴에 당황한 기색이 떠올랐다.

"야, 오해다. 네가 아침에 오 여사님 집에서 지수와 나오는 걸 본 녀석이 내게 말해주어 안 거야. 널 미행하거나 하는 따위의 짓은 하지 않았다."

남영주가 굳이 거짓말을 할 이유는 없다.

"오 여사님에, 지수까지 알아? 우연히 날 봤다는 놈이… 다른 놈이 아니고 바로 너로군."

이혁의 입가에 의미를 알 수 없는 미소가 스쳐 지나갔다.

그는 지수의 이름을 듣자 지윤이 떠올랐고, 남영주가 오 여사를 언급한 이유를 대번에 알아차린 것이다.

남영주 정도의 사내라도 관심을 기울이기에 충분한 가치를 가진 존재가 그의 하숙집에는 있었다.

그 미소를 본 남영주의 얼굴에 허둥대는 티가 확연하게 났다.

"어… 어……."

말을 못하고 더듬거리던 남영주는 혀를 내밀어 입술을 축이더니 작정한 듯 말했다.

"맞다. 나야."

"지윤이?"

이혁이 소곤거리듯 묻자 남영주의 잘생긴 얼굴에 홍조가 떠올랐다 사라졌다.

그는 말없이 고개를 끄덕였다.

이혁이 풀썩 웃었다.

"네 주변에 여자가 항상 사태를 일으킬 정도라고 들었는데 여자 보는 눈이 독특하구만. 취향이 보이시한 스타일이었나? 지윤이는 좀 과하게 유니섹스 모든데?"

"내 취향을 네가 신경 쓸 건 없잖아……."

"흐흐, 하긴 그렇다."

이혁이 미소 띤 얼굴로 계속해서 물었다.

"너 같은 놈이 내게 중매쟁이 역할을 부탁하지는 않

을 거고…… 지윤이 소식을 듣고 싶은 거냐?"

"긴말할 필요가 없어서 좋구나. 맞아."

"직접 부딪치는 게 나을 텐데? 지윤이가 예쁜 건 나도 인정하긴 하는데…… 그래도 너 정도의 남자가 주변이나 돌며 속을 끓인다는 게 이렇게 본인 입을 통해 들으면서도 이해가 가질 않는 걸?"

"휴우… 얘기하자면 복잡해."

"그럼 말어."

군이 남영주의 속을 알 이유가 없는 이혁은 툭 뱉고는 걸음을 옮기려 했다.

남영주가 그의 앞을 막아섰다.

아직 그는 이혁의 확답을 듣지 못했다.

이혁이 금방이라도 자리를 뜰 것 같은 표정을 본 그는 조금 빠른 어투로 말했다.

"지윤이와 난 초등학교 선후배 사이다. 어렸을 때는 지윤이도 날 많이 따랐어. 나도 좋아했고. 그런데 지윤이가 고등학교에 올라오면서 우리 사이에 문제가 생겼다. 채현이 때문인데……."

이혁의 눈에 호기심이 떠올랐다.

남영주와 송지윤 사이의 얘기에 난데없이 채현의 이름이 섞일 이유가 무엇인지 추측이 가지 않았다.

남영주가 말을 이었다.

"야, 임마. 네가 상대하는 걸 보니까 채현이가 대전에서 얼마나 유명한 아인지 잘 모르는 모양인데, 채현이하고 지윤이는 초등학교 때부터 대전시내 남학생들 관심을 모조리 끌어갔을 정도로 유명한 아이들이었다고. 둘 다 인형처럼 예쁘고 똑똑했거든. 재주도 많았고. 중학교를 거치면서 그 아이들에게 쏟아지는 남학생들의 관심의 정도가 얼마나 심해졌었는지 알아? 고등학교에 와서는 대전에서 미인은 저 둘뿐이라는 말까지 듣는 게 지윤이와 채현이야."

이혁은 귀를 후볐다.

"그랬다고 치고. 본론으로 들어가지?"

남영주는 한 대 걷어차고 싶다는 기색이 역력한 얼굴로 이혁을 째려보며 대답했다.

"난 중학교 때까지는 지윤이와 큰 문제없이 만날 수 있었다. 전화통화도 자주 했었고."

"사귄 거야?"

"그건 아니고… 지윤이는 날 그냥 선배로만 대했어. 나도 그때는 철이 덜 들어서 주변의 여자관리를 잘 못하던 때라 여자에 관해서는 그리 소문이 좋지 않았고."

"흐흐흐, 난봉꾼으로 소문이 났던 거로군."

"난봉꾼이 아니라 카사노바다."

남영주가 노한 듯 눈살을 찌푸리며 대답했다. 그러나

신경 쓸 이혁이 아니다.

그가 남영주를 재촉했다.

"한글이나 영어나, 흐흐흐. 계속 말해봐."

들을수록 흥미 있는 얘기가 아닌가.

"지윤이가 나와 연락을 완전히 끊게 된 결정적인 계기는 채현이가 우리 학교에 입학한 거였어. 집안 쪽 사정 때문에 난 채현이를 챙길 수밖에 없었는데 지윤이 눈에는 그게 마음에 들지 않았던 것 같아. 지윤이와 채현이는 관계가 좀 묘한 구석이 있거든. 내가 볼 때 둘은 서로에게 강한 경쟁의식을 느끼는 것 같아. 그래서 더 일이 복잡해진 거지. 사실 내가 제대로 지윤이에게 설명을 못한 탓에 오해할 여지도 있었고……. 그동안 지윤이 마음을 풀어보려고 노력도 많이 했어. 하지만 성공하지는 못했어. 지윤이는 생긴 것만 보이시한 게 아니라 성격도 그래. 한 번 마음에 들면 끝까지 가고, 한 번 마음에 안 들면 두 번 다시 그 사람을 안 봐. 거기다 고집도 쇠고집이지."

그거야 이혁도 잘 안다.

상당한 시일이 지난 지금도 지윤에게 꼴통에 변태취급 당하는 게 그인 것이다.

"정확하게 내게 원하는 게 뭐야?"

"……지윤이가 잘 지내는지 가끔 얘기나 해주라. 관

심도 좀 가져주고. 오 여사님이 강단 있으신 분이긴 하
지만 사내가 없는 집이라 엄한 사내놈들이 얼씬거리곤
했거든. 그런 일 있으면 내게 즉시 말해주었으면 해. 내
가 하고 싶지만 정말로 시간이 없어. 딱 일 년만 부탁하
겠다. 졸업만 하면…….”

“일찌감치 사위 노릇을 하겠다 이거로군. 후후.”

이혁이 낮게 웃자 남영주는 멋쩍은 표정이 되었다. 하
지만 부인하지 않는다.

“그 정도야 어려울 거 없지.”

이혁은 선선히 승낙했다.

남영주의 얼굴이 밝아졌다.

그가 말했다.

“요새 보니까 지윤이가 많이 마른 것 같더라. 고민이
라도 있는 게 아닌지 걱정스러운데 알아낼 방법이 없
다.”

이혁이 작게 코웃음을 쳤다.

“그 성격에 고민은 무슨… 여자가 말라 보인다고 해
서 진짜 마른 거 아니다. 카사노바 소릴 들었던 놈이 그
정도도 모르냐?”

“무슨 소리야?”

이해를 못한 남영주가 물었지만 이혁은 입을 굳게 다
물고 대답하지 않았다.

그가 보았던 지윤의 반나신은 옷을 입었을 때 말라 보이는 것과 달리 들어갈 때 들어가고 나올 때는 적당히 나온 균형 잡힌 몸매였다.

특히나 한 손에 쏙 들어올 것처럼 적당한 크기로 솟아 있던 탐스런 가슴과 군살이라고는 한군데도 보이지 않던 탄력 있는 복부. 그리고 한 줌도 되지 않을 것 같은 허리 밑으로 이어지던 유려하고 풍만하던 힙의 선…….

하지만 그걸 보았다고는 죽어도 말 못한다. 그랬다가는 남영주와 사생결단을 내야 할 것이다.

그는 화제를 바꾸었다.

"그런데 세상사는 다 기브 앤 테이크잖아. 대가는 뭐냐?"

"채현이 떼어달라는 거 말고 원하는 게 있으면 말해봐라. 가능한 한 들어주겠다."

이혁은 잠시 고민했다.

하지만 당장은 원하는 게 생각나지 않았다.

남영주가 채현의 일은 처음부터 안 된다고 못을 박았으니 그녀에 대한 것을 제외하면 그가 특별하게 원하는 것이 있을 리 없었다.

그녀만 빼면 무사안일하게 흘러가고 있는 학교생활 아닌가.

"나중에. 필요한 게 생기면 말하지."

"알았다. 이건 우리 집 전화번호와 내 핸드폰 번호야. 언제든지 연락해. 소식 기다리지."

남영주가 급하게 휘갈겨 써서 건네준 쪽지를 호주머니에 넣으며 이혁이 말했다.

"뭐, 그러든지."

기대에 가득 찬 남영주의 어조와는 달리 심드렁한 어투였다.

그러나 남영주는 썩 내키지 않는 기색이 역력한 이혁의 대꾸에도 개의치 않고 환한 얼굴이 되어 자신의 교실로 돌아갔다.

이혁은 귀찮은 일이 하나 더 생겼다는 생각에 인상을 찡그렸지만 어깨를 한번 으쓱하고 말았다.

같이 사는 사람에 대해 눈에 보이는 걸 가끔 말해주는 것이니 그리 힘들 것도, 번거로울 것도 없다고 생각했기 때문이다.

더구나 공짜도 아니지 않은가.

대화가 끝났다고 생각한 이혁이 스쳐 지나갈 때 남영주가 불쑥 물었다.

"그런데… 너, 상희한테는 왜 얻어맞은 거냐?"

이상희와 초등학교 동창인 남영주에게 있어 이상희가 이혁을 발길질 한 방에 녹아웃시킨 것은 불가사의한 일이었다.

이상희가 운동을 좋아하고 현재 다니는 학교에서 테니스 동아리 회장을 맡고 있을 정도로 만능스포츠우먼이기는 해도 싸움과는 한참이나 거리가 멀었기 때문이다.

공연히 긁어 부스럼이 될 수 있다는 생각 때문에 그동안 꾹 참고 있다가 했던 질문이기에 남영주의 눈은 호기심에 가득 차 있었다.

하지만 이혁의 입장에서야 이보다 더 끔찍한 질문은 없다.

대답도 없이 입을 꾹 다문 채 걸음을 옮기는 이혁의 얼굴이 사정없이 일그러지고 있었다.

*　　　*　　　*

곧이라도 비를 퍼부을 것처럼 먹구름으로 가득한 하늘은 새벽이 오기에 아직 이른 시간 방배동의 골목 안을 더욱 어둡게 만들었다.

벽을 기대고 주저앉은 사내의 눈에 절망과 아쉬움의 빛이 떠올랐다.

그는 수년에 걸친 혹독한 훈련을 받았고, 그 과정을 통해 얻은 강인한 정신력의 소유자였다. 하지만 목전에 임박한 죽음 앞에서 담담하기는 어려웠다.

그의 나이는 스물아홉.

"쿨럭⋯⋯."

사내의 입술 사이를 비집고 튀어나온 덩어리진 피가 지면을 검붉게 물들였다.

사내는 떨리는 손으로 가슴을 눌렀다.

가슴 부위의 흰 셔츠는 피로 물들어 제 색을 잃고 있었다. 폐를 찔린 것이 치명상이었다.

지금 당장 치료를 받아도 생사를 장담할 수 없을 정도의 중상.

사내는 흐릿해져 가는 눈을 들어 앞을 보았다.

그의 눈가에 드리워진 절망의 빛이 진해졌다.

사내의 정면, 불과 1미터 정도 떨어진 곳에 검은 그림자가 서 있었다.

그림자의 손에 들린 단검의 날은 빛이 없는 어둠 속에서도 푸르스름한 빛을 흘리고 있었다.

그 빛과 함께 흐르는 살을 저미는 듯한 살기.

상처 입은 사내에게 다가온 그림자는 그의 옆에 쪼그리고 앉으며 단검을 사내의 오른쪽 눈에 가져다 댔다.

"네 윗선은 누구냐? 말을 하면 곱게 죽여주겠다."

그림자의 음성은 낮았지만 소름 끼치는 살기로 가득했다.

고통으로 일그러진 사내의 입매가 뒤틀렸다.

"어느 집 개새끼가 이리 시끄럽게 짖나⋯ 가는 길에

개고기라… 덕분에 저승길이 배고프지는 않겠구나……. 흐흐."

희미하게나마 사내는 분명하게 웃고 있었다.

사내가 말을 이었다.

"꺼져라. 엄한 사람에게 짖다가 멍멍탕 된다……. 모가지 쓰다듬어 주는… 주인이 있는 집이나 찾아가라……."

그림자의 눈이 번뜩였다.

"약한 놈이군. 내 손을 빌려 죽고 싶은가 본데, 뜻대로 되기는 힘들 걸."

사내의 눈가가 흔들렸다.

자살하려고 해도 그럴 수 있는 힘이 남지 않은 상태라 그림자의 손을 빌리려고 했는데 그마저도 여의치 않게 된 것이다.

"눈썰미는…… 있는 개새끼군……."

그림자의 안면근육이 뒤틀렸다.

그의 손이 움직였다.

픽!

"크윽……."

칼의 손잡이 끝에 관자놀이를 강타당한 사내는 신음과 함께 지면으로 쓰러졌다.

그림자는 한쪽 무릎을 꿇으며 사내의 목젖에 칼날을

댔다. 그가 이빨 사이에서 새는 듯한 음성으로 말했다.

"그렇게 죽고 싶다면 죽여주지. 네가 아니라도 말할 놈은 있을 테니까."

말과 함께 칼날을 움직여 사내의 목을 그으려던 그림자의 상체가 주춤했다.

이제 죽었구나 하는 생각에 오히려 마음이 편해졌던 사내가 눈을 부릅떴다.

그를 베어오던 칼날의 움직임이 멈춤과 함께 그림자의 목이 백팔십도로 단숨에 꺾여 돌아가고 있었다.

우두둑!

비명도 없었다.

생명이 빠져나간 손에서 칼이 떨어졌다.

무너지는 그림자의 뒤에 장승처럼 서서 손을 터는 삼십대 중반의 장년인이 사내의 눈에 들어왔다.

"조장님⋯⋯."

"말하지 마라. 상처가 심하다."

장년인은 고개를 저어 사내의 입을 막으며 사내를 안아 들었다.

"개들이⋯ 도시 전체에⋯ 깔렸습니다⋯⋯. 두고 가십시오⋯⋯. 저까지 함께라면 너무⋯ 위험합니다."

사내의 말을 들은 장년인의 눈빛이 강해졌다.

"입 닥쳐. 안가에 가면 살 수 있다. 그때까지 정신을 잃지 마라. 눈을 감으면 팀장님이 지옥까지 가서라도 네 멱살을 잡아끌고 올 거다."

사내의 눈에 미소가 떠올랐다.

"무서워서… 쿨럭… 죽지도 못하겠습니다……."

피를 토하며 축 늘어지는 사내를 안은 장년인은 뛰는 듯한 큰 걸음으로 골목을 벗어났다.

차량 두 대가 간신히 교행할 정도밖에 되지 않는 골목에 주차되어 있던 검은색 중형 승용차의 문이 기다렸다는 듯이 열렸다.

두 사내를 태운 차량은 무서운 속도로 골목을 내달리기 시작했다.

제2장

"저 자식, 골 때리는 놈이네, 큭큭큭큭큭."

차창 밖을 아무 생각 없이 보고 있던 이수하는 시야에 들어온 한 소년(?)의 모습에 숨넘어가는 듯한 웃음을 터트렸다.

배를 움켜쥐고 금방이라도 창에 머리를 박을 것처럼 온몸을 뒤틀며 웃는 터라 형사기동대 차 안에 있던 다른 형사들의 의혹에 찬 시선이 일제히 그녀를 향했다.

경찰대 출신으로 형사 경력 6년차인 이수하는 활달한 (?) 성격이긴 하지만 이렇게 망가질 정도로 웃는 경우는 거의 없다.

"이 형사님, 무슨 일입니까?"

이수하의 조원이자 강력2팀 막내인 박장호가 의아해하며 물었다.

그녀와 1년 반 넘게 붙어 다닌 그도 얼굴이 일그러질 정도로 웃는 그녀는 처음 본 때문이었다.

이수하는 웃음을 참지 못하며 손을 들어 창밖의 한 지점을 가리켰다.

그 손끝을 따라간 박장호의 눈에 비어 있는 것이 분명한 가방을 어깨에 아무렇게나 둘러메고 휘적휘적 걷고 있는 교복 차림의 고등학생 한 명이 들어왔다.

그는 급한 일이 있는 건 아닌 듯 어슬렁어슬렁 걷고 있었는데 오른손에 든 음료수캔을 간혹 홀짝거리며 마시고 있었다.

요즘 청소년들은 키가 크고 덩치도 좋은 편이라 그 고등학생의 180을 넘는 키나 교복으로는 미처 가려지지 않는 탄탄한 몸은 그다지 눈에 들어오지 않았다.

하지만 뭔가 생각에 잠긴 듯 가라앉은 흑백이 뚜렷한 눈동자는 인상적이었고, 휘적거리며 걸으면서도 흔들리지 않는 어깨는 묘한 박력이 있었다.

"쟤 말입니까?"

별 이상한 점을 발견하지 못한 박장호가 고개를 갸우뚱하며 묻자 이수하는 여전히 킥킥거리며 말했다.

"크크크, 저 자식 손에 든 게 뭔지 잘 봐."

그녀의 지적을 받고 난 후 잠시 고등학생의 손을 살펴보던 박장호의 얼굴에 어이없다는 빛이 떠올랐다.

고등학생이 손에 들고 있는 것이 음료수라고 생각했던 것은 타성 때문이었다.

설마 벌건 백주 대낮에 대전에서도 소문난 번화가인 은행동 한복판을 캔맥주를 마시며 활보할 고등학생이 있으리라고는 생각지도 못한 것이다.

박장호가 신음처럼 중얼거렸다.

"저 자식, 제대로 꼴통이네……."

"큭큭큭큭큭."

이수하가 허리를 꺾으며 배를 잡았다.

두 사람의 대화에 별 관심을 보이지 않던 김정환과 박웅재도 고등학생의 손에 든 물건의 정체가 맥주캔이라는 것을 알게 되자 어처구니없다는 얼굴로 그를 돌아보았다.

박장호가 말했다.

"사비고 교복 같은데요?"

"그렇지? 내 눈에도 사비고 교복으로 보여. 큭큭큭. 남영주만 한 꼴통이 또 있을까 했더니 알려지지 않은 오리지널 꼴통이 한 명 더 있었나 봐. 큭큭큭."

그녀는 웃음을 참지 못하고 있었지만 다른 형사들의 얼굴엔 웃음보다는 어이없다는 기색이 완연했다.

그들의 직업상 고등학생이 술을 마시는 장면을 보는 거야 그리 어려운 일이 아니다. 하지만 이런 훤한 대낮에, 그것도 이런 번화가에서 그런 장면을 보는 건 형사들에게도 쉬운 일이 아니었다.

아니, 강력2팀 형사들도 지금까지 이런 장면을 본 적은 한 번도 없었다.

아무리 술을 좋아하고 막나가는 고등학생이라도 이런 식으로 쓸데없이 시선을 끄는 짓은 하지 않는 것이다.

"저 자식 좀 봐야겠어. 나갔다 올게."

간신히 웃음을 멈춘 이수하는 박장호에게 윙크를 한 번 하고는 차문을 열고 나갔다.

5월의 화창한 금요일 오후였다.

드러난 살갗에 닿는 바람이 솜사탕처럼 부드럽고 따스했다.

나른하기까지 한 날씨여서 업무만 아니라면 침대에서 뒹굴기에 딱 좋은 날이었다.

큰 걸음으로 거리를 가로지른 이수하는 고등학생의 뒤 3미터 정도 떨어진 곳에 이르렀을 때 소리쳤다.

"야, 거기 고딩. 서봐!"

이혁은 답답한 기분에 영화라도 한 편 볼까하고 수업이 끝나자마자 나온 길이었다.

수업만 끝나면 껌딱지처럼 찰싹 달라붙는 채현을 피

할 목적도 있었고.

그에게 답답함을 느끼게 만든 문제의 동아리, 퀼트프랜즈를 어떻게 잘 피하며 학교생활을 할 것인지에 대한 묘수를 찾느라 머리가 터질 지경이던 그도 등 뒤에서 허스키한 여성의 음성이 누군가를 부르는 소리를 들었다.

하지만 그 음성이 자신을 부르는 것이라고는 생각하지 못했다.

대전에서 아는 사람이라야 손으로 꼽을 정도로 적은 그였다.

그중에 허스키한 음성의 여자는 없었고, 길거리에서 그를 고딩이라고 부를 사람은 더욱 없었기 때문이다.

"야, 거기 멀대같이 크고 인상 더럽게 생긴 고딩! 귀에 말뚝 처박았냐? 서봐."

'뭐냐… 이 분위기는……'

이혁은 뒤에서 들리는 허스키한 음성이 누구를 향한 것인지 알게 되었다.

지나가던 사람들이 모두 서서 그를 흥미진진하다는 표정으로 바라보고 있는데 모르려야 모를 수가 없는 일이다.

혹시나 하며 돌아선 그와 불과 서너 걸음 뒤까지 다가와 있던 이수하의 눈이 마주쳤다.

순간적으로 이혁의 팔에 소름이 돋았다.

'…이… 여자… 스타일리시하네……. 그런데 나한테 무슨 볼 일이 있는 건가? 뭔가… 불안한걸…….'

시은과 함께 생활한 후로 이혁에게는 아름다운 여자가 접근하며 거의 반사적인 알레르기 반응이 일어나는 몸이 되었다.

그런 이혁의 반응을 확실하게 이끌어낼 만큼 이수하의 외모는 아름다웠다.

신고 있는 힐 때문에 키가 더 커 보이는 그녀는 이혁의 눈썹에 닿을 듯해서 두 사람의 눈은 거의 수평에서 마주쳤다.

살짝 웨이브를 넣은 긴 머리를 목뒤쯤에서 대충 묶었는데 미처 뒤로 넘기지 못한 머리카락 몇 오라기가 깎은 듯한 이마 위에 흘러내렸고, 지적으로 보이는 갸름한 얼굴선과 크고 긴 눈매, 그에 반해 진한 커피색으로 탄 화장하지 않은 피부와 활력이 넘치는 눈빛은 분방한 느낌이었다.

깃이 큰 푸른색 와이셔츠의 윗단추 두 개가 풀어져 있어 벌어진 셔츠 사이로 구릿빛의 가슴골이 그대로 드러났고, 재질을 알 수 없는 적당한 통의 바지는 길고 곧은 다리의 선이 완연했다.

거기에 금방이라도 정강이를 걷어찰 듯 날카롭게 날

이 선 하이힐의 코까지.

이혁은 어정쩡한 자세로 비어 있는 왼손을 들어 자신의 가슴을 가리키며 물었다.

"저…… 부르신 겁니까?"

"그래, 임마. 여기에 키 크고 인상 더러운 고딩이 너 말고 또 있냐?"

'생긴 건 배우 뺨치는데 입은 완전 건달이네. 이 여자… 뭐야?'

이혁은 주춤하며 주변을 둘러보았다.

은행동은 학생들이 많이 이용하는 가게들이 몰려 있는 곳이라 교복 입은 학생들은 흔했다.

그중에 그만큼 키가 큰 학생도 심심치 않게 눈에 띄었다, 인상이 더러운지는 잘 모르겠지만.

뭔가 억울한 기분이 든 이혁이 퉁명스러운 어조로 말했다.

"제게 볼일이 있으신 거 같은데, 아무리 연상이시라도 초면에 말이 너무 험하신 거 아닙니까?"

이혁의 어조는 기분과 달리 예의를 갖추고 있었다.

그는 눈앞에 있는 이 입과 외모가 언밸런스하고 자신을 함부로 대하는 아름다운 연상의 여자에게서 위기감을 자극하는 무언가를 느끼고 있었다.

이수하가 풀썩 웃었다.

"크크크, 이 자식 생긴 거만큼이나 성깔 있네."

그녀의 손이 이혁의 귓불을 잡아갔다.

하지만 이혁이 순순히 귓불을 잡히도록 할 리 만무했다.

그의 발이 미끄러지듯 한 걸음 뒤로 물러나자 이수하의 손은 헛되이 허공을 잡았다.

그녀가 인상을 썼다.

방금 전까지 보이던 웃음기가 사라진 눈빛은 매서웠다.

"개기겠다는 거냐?"

이혁은 삽시간에 변한 여자의 분위기에 당황했다.

쏘는 듯한 여자의 눈빛은 평범하지 않았다.

당최 영문을 알 수 없어 당황한 그의 눈에 이수하의 등 뒤로 20여 미터 떨어진 곳에 주차되어 있는 형사기동대 차가 들어왔다.

형기차와 결코 보통스럽지 않은 분위기의 여자.

결론은 바로 났다.

"형사님이신 거 같은데, 영문이나 알려주시죠."

이혁이 묻자 이수하의 입가에 다시 미소가 떠올랐다.

보면 볼수록 웃음을 참기 힘든 장면인 것이다.

'생긴 거하고 다르게 눈치가 빠른 놈이네.'

그녀의 손이 이혁의 오른손을 가리켰다.

이혁은 오른손을 들어 올렸다.

손에 든 캔을 본 그는 의아해하는 얼굴로 이수하를 보며 물었다.

"이게 왜요?"

"왜요? 왜요는 왜넘들 담요고, 그거 맥주잖아. 이 자식아, 너 고등학생 아니야?"

이혁의 안색이 확 변했다.

'…아… 나… 고등학생이었지…….'

말을 하지 못하며 안색이 이리저리 변하는 이혁의 얼굴을 본 이수하의 입에서 폭소가 터져 나왔다.

상대의 속을 읽는 데는 이골이 나는 직업이 형사다.

이수하가 이혁의 낯빛과 태도에서 그가 어떤 생각을 하고 있는지 알아차리기는 어렵지 않았다.

"우하하하하, 이 자식… 너 임마… 네가 고등학생이라는 것도 자각하지 못하고 있었던 거냐? 이거 진짜 꼴통이네. 큭큭큭큭큭."

이수하의 숨넘어가는 듯한 웃음소리를 듣는 이혁의 이마로 식은땀이 솟았다.

현행법하에서 미성년자가 술을 마셨다고 해서 처벌을 받지는 않는다, 술을 판 업자는 처벌을 받아도.

하지만 형사가 학교에라도 통보하게 되면 그 뒤에 일어날 일은 뻔하다.

무사안일한 학교생활은 끝이다.

이수하가 다시 이혁의 귓불을 잡았다.

이혁도 이번에는 피하지 않았다.

이 마당에 굳이 형사의 비위를 거슬러서 득 될 일이 없었다.

다행히 이수하는 이혁의 귓불을 한번 잡아 흔들고는 놓았다.

안 그랬으면 정말 이혁 인생에 다시없을 개망신이었을 것이다.

그녀가 웃음기 가시지 않은 얼굴로 말했다.

"여기서 얘기하긴 좀 그렇지? 따라와. 튀면 죽는다."

교복에 명찰까지 달렸는데 튈 리가 있나.

이혁은 어깨를 축 늘어뜨리고 이수하의 뒤를 따라 형기차 안으로 들어갔다.

동물원의 원숭이 구경하듯 요리조리 이혁을 살피던 박장호가 물었다.

"너 고등학생 맞냐?"

"예."

"사비고?"

"예."

이수하가 끼어들었다.

"배지 보니까 2학년 같은데?"

"맞습니다."

"그래……."

이수하는 잠시 생각에 잠긴 듯하더니 계속해서 물었다.

"이거 어디서 샀어?"

그녀는 어느새 이혁의 손에서 뺏은 캔맥주를 들고 있었다.

이혁의 미간이 좁아들었다.

미성년자에게 술이나 담배를 팔면 청소년보호법위반이 된다.

그 처벌은 상당히 중한 편이다.

벌금과 함께 영업정지가 부과되고, 양벌규정이라 업주와 물건을 판매한 종업원, 대부분 아르바이트생도 함께 처벌된다.

"제가 마시고 싶어 산 겁니다. 잘못이 있다면 저한테 더 많죠."

"어쭈?"

이수하의 눈썹이 꿈틀거렸다.

"고자질하고 싶지 않다 이거지? 그럴 수도 있지. 그런데, 생각해 봐라. 상업에도 정도가 있는 거야. 이마에 핏대기도 마르지 않은 애새끼들이 달란다고 술 파는 새끼들은 돈에 영혼을 판 놈들이야. 보호할 가치가 없어."

이혁은 내심 혀를 찼다.

여형사의 말은 이해할 수 있었다. 하지만 내키지 않는 마음은 변하지 않았다.

"그 사람은 잘못이 없습니다."

이수하의 꿈틀거리던 눈썹이 역팔자로 곤두섰다.

"이 자식, 말귀 정말 못 알아듣네. 너 계속 이렇게 나오면 일단 학교에 연락하고 나서 얘기하는 수가 있어."

움찔한 이혁이 고개를 푹 떨어뜨리며 말했다.

"제가 가장무도회 때문에 고등학생 교복을 입었을 뿐 대학생이라고 했습니다."

은행동 골목의 구석진 슈퍼에서 아무 생각 없이 캔맥주를 살 때 쥐상의 아저씨도 교복을 입은 그에게 거리낌 없이 맥주를 팔았다. 하지만 그걸 사실대로 말하고 싶은 생각은 없었다.

고자질하고 싶지 않다는 마음 같은 건 애당초 없었다. 이 상황을 무마할 수만 있다면 고자질이 대수랴.

단지, 사실대로 말하면 그 슈퍼 주인은 체포될 것이고, 그는 이리저리 끌려 다니며 진술서를 쓰는 따위의 귀찮은 일에 휘말리게 되는 게 싫었을 뿐이다.

게다가 일이 그렇게 진행되면 학교에 통보되는 건 막을 수 없는 일이 된다.

가족이 있다면 가족에게 통보만 하고 끝나는 경우도 있지만 그는 가족이 없지 않은가.

고개 숙인 이혁의 정수리를 내려다보던 이수하가 어이없다는 어조로 물었다.

"그놈이 네 말을 믿었다고? 이 자식아, 지금 그걸 나보고 믿으라고 하는 거냐?"

잠시 망설이던 이혁이 고개를 들며 말했다.

"제 얼굴이 고등학생으로 보이지 않는 건 사실이잖습니까?"

……

"푸하하하하하학!"

배를 잡고 허리를 꺾으며 금방이라도 숨이 넘어갈 듯 웃어대는 이수하의 웃음은 곧 형기차 전체에 전염병처럼 번졌다.

"으하하하하!"

"쿡쿡쿡."

"킬킬킬."

이혁은 내심 이를 갈고 있었다.

'대전터가 나한테 안 맞는 게 분명해, 이런 악질적인 여난이 반복되는 걸 보면.'

웃음은 2, 3분간 지속되었다.

하도 웃어 찔끔거리며 눈가에 배어 나온 물기를 손

가락으로 닦아낸 이수하가 간신히 웃음을 참으며 말했다.

"크큭… 하긴… 큭… 네 얼굴이… 큭… 고딩치고는… 큭큭큭… 늙어 보이는 건 사실이지……. 푸학학학!"

마지막을 헐떡이는 웃음으로 마감한 이수하가 처참하게 일그러진 이혁의 얼굴을 보며 말을 이었다.

"네 말을 믿어주지. 간만에 시원하게 웃은 보답으로 더는 널 추궁하지 않겠어."

그녀가 물었다.

"그런데 너 2학년이라고 했지?"

"예."

"몇 반이냐?"

"3반입니다."

이수하의 눈이 반짝였다.

"담임이 김성호 선생이냐?"

이혁의 눈이 커졌다.

"어떻게 아십니까?"

"아는 수가 있어."

이수하의 입가에는 묘한 미소가 떠올라 있었다.

방금 전까지의 웃음과는 확연하게 다른 미소여서 이혁은 마음이 불안해졌다.

그가 물었다.

"학교에는요?"

"통보하지 않겠다… 는 건 지금 생각인데 내 마음이 언제 바뀔지는 나도 몰라."

애매한 이수하의 말에 이혁은 속으로 이를 갈았다. 하지만 겉으로 표현할 수는 없는 일.

"통보 안 해주시면… 정말 고맙겠습니다."

"고맙다고 하긴 이르지. 그치? 게다가 우리는 또 보게 될 운명일지도 모르니까."

"예?"

"그런 게 있어. 가봐."

"예."

축 늘어진 모습으로 형기차에서 내린 이혁은 뒤도 돌아보지 않고 걸었다.

경찰서 있는 방향으로는 소변도 보지 않겠다고 말하는 사람들의 심정이 절실하게 이해되는 오후였다.

"저…… 혁이 형, 선생님이 찾으시는데요?"

아침 8시 반쯤 반장 강철근이 조심스럽게 이혁에게 다가와 말했다.

이제는 그의 트레이드마크가 되다시피 한 멍한(?) 표정으로 창밖을 보고 있던 이혁은 눈썹을 찡그리며 이철

근에게 고개를 돌렸다.

전학(?) 온 이후 김성호가 그를 찾았던 적은 지금까지 한 번도 없었다.

"무슨 일이래?"

의혹 때문에 강철근에게 묻는 이혁의 어조는 딱딱했다.

강철근은 긴장한 얼굴로 대답했다.

"저도 모르겠어요. 그냥 교무실로 오라고만 하셨습니다."

말을 하던 그가 약간 머뭇거리면서 덧붙였다.

"기분이 그리 좋으신 것 같지 않으시던데요."

이혁은 잠시 머리를 굴려보았지만 최근에 딱히 김성호의 심기를 상하게 했던 일은 생각나지 않았다.

수업이나 자율학습을 땡땡이 친 적도 없고, 애들과 싸운 적도 없었으며, 교과서도 착실하게(?) 챙겨 수업을 들었고, 수업시간에 존 적도 없었다.

'혹시……'

이혁은 10여 일 전 은행동에서 만났던 여형사가 떠올랐다. 하지만 그는 이내 고개를 저었다.

여형사가 통보를 하려 했다면 벌써 했어야 했다.

이미 열흘이나 지났는데 일개 고교생이 술 마신 걸 무슨 원한이 있다고 지금 통보를 할까.

백주대낮에 맥주를 마시며 걸었던 그의 행동이 특이
하긴 했지만 찾아보면 그보다 더한 꼴통도 얼마든지 있
는 세상이다.

지나친 비약이었다.

이혁은 자리에서 일어났다.

교무실에서 서류뭉치를 들여다보고 있던 김성호는 이
혁이 앞에 와 꾸벅 인사를 하자 손짓으로 책상 옆에 놓
인 의자를 가리켰다.

앉으라는 뜻이어서 이혁은 순순히 의자에 앉았다.

그와 김성호의 거리는 50센티 정도밖에 안 되었다.

김성호가 서류에서 눈을 떼며 고개를 들었다.

이혁은 교실에서 늘 하듯 허리를 꼿꼿이 펴고 앉아 있
었는데, 눈빛이 어두웠다.

'내가 왜 불렀는지 몰라서 불안한 모양이지.'

김성호가 물었다.

"온 지 꽤 됐지?"

"예."

달 반은 되었다.

"시작이 예상했던 것보다 요란뻑적지근하던데?"

이혁의 미간에 굵은 내천 자가 생겼다.

이상우와 얽혔던 일을 김성호는 알고 있는 것이다.

김성호가 피식 웃었다.

"자기 반 학생과 관련된 일을, 더구나 학교 내에서 일어나는 일을 모를 정도로 내가 무능하다고 생각했던 거냐?"

"그렇게 생각한 적은 없습니다."

"결과가 놀라워서 기억에 담아두었을 뿐이다. 네가 잘못한 일이 아니야. 텃세 부리려던 상우 놈 잘못이지."

일의 전모를 아는 데다 합리적인 판단이었다.

일레븐과 얽혔던 일의 전후로 왜 개입하지 않았는지 하는 의문만 없었다면 더할 나위 없었을 것이다.

"감사합니다."

이혁이 진심을 담아 말했다.

그는 자신의 턱에 간신히 닿은 김성호의 왜소한 모습을 새삼스럽게 보았다.

선생으로서의 김성호는 적당주의자에 가까워서 학생들에 대한 관심도 적당했고, 수업의 수준도 적당했고, 반 운영에 대해서도 적당한 정도의 지시와 간섭이 있을 뿐이었다.

"감사할 건 없다. 네 행동에 대한 결과일 뿐이니까. 그건 그렇고."

김성호의 눈빛이 매서워졌다.

이혁은 흠칫했다.

화기애애하다고까지 할 수 있었던 분위기가 대번에 남극의 분위기로 바뀐 것이다.

"너, 지지난 주 금요일에 은행동 갔었냐?"

이혁의 얼굴이 천천히 하지만 확실하게 일그러졌다.

교장선생이나 학생부장 선생이 그를 부르지 않은 것을 보면 공식적인 통보는 없었던 듯하지만 여형사는 비공식적으로 그의 담임에게 통보를 한 모양이었다.

그가 비약이라며 배제했던 최악의 상황이었다.

"예."

힘없는 대답이다.

이혁의 대답을 들은 김성호는 주변을 둘러보았다.

대부분의 선생님들이 수업에 들어가기 위해 자리를 뜬 터라 그들의 주변 5미터 이내에는 사람이 없었다.

김성호는 작은 목소리로 물었다.

"거기서 수하를 만났지?"

"수하요?"

이혁이 어리둥절해하며 물었다.

"이수하. 네가 만난 여형사 이름이 이수하야. 그 녀석 관등성명도 밝히지 않았나 보군. 명색이 경찰대를 나온 경찰 최고의 엘리트 중 한 명이라는 녀석이 기본을 무시하다니… 혼 좀 내야겠구나."

이름 뒤에 이어진 말은 혼잣말이다.

"아!"

이혁은 그제야 자신을 험하게 다루던 여형사의 이름을 알게 되었다.

"실례지만… 선생님과 그 여형사님은 어떤 관계십니까?"

"수하는 내 처제야."

"흐……."

이혁의 입술 사이로 기괴한 신음이 흘러나왔다.

'재수가 없어도 이렇게 없을 수가…… 어쩐지 그날 형사기동대차 안에서 담임의 이름을 언급하는 여형사의 눈빛이 이상했었지……. 정말 빌어먹을 일이로군. 역시 대전 터가 나와 안 맞는 게 맞아.'

"놀랐냐?"

"조금요."

"그런데 말이다……."

김성호는 이혁의 얼굴 바로 앞까지 얼굴을 들이밀며 낮게 물었다.

"은행동에서 무슨 일이 있었던 거냐?"

"예?"

이혁의 눈이 번뜩였다.

일이 생각지 않은 방향으로 전개되고 있었다.

김성호가 눈살을 찌푸리며 재차 물었다.

"대체 무슨 일이 있었기에 그 녀석이 너에 대해 물어보며 네가 대전에서 두 번 보기 힘든 골 때리는 꼴통이라고 하는 거냐 말이다. 더구나 허파가 찢어질 지경으로 웃어대면서!"

김성호의 어조는 뒤로 갈수록 강해졌다. 그러나 그 말을 듣는 이혁의 마음은 점점 안정되어 갔다.

이유를 알 수는 없었지만 이수하는 김성호에게 맥주에 대한 얘기는 하지 않은 것이다.

이혁은 교무실에 들어설 때에 비해 확연하게 안정된 얼굴로 입을 뗐다.

"그날 이 형사님을 뵙고 인사를 하긴 했지만 그냥 검문이었습니다. 제 모습에서 무언가가 그분을 재미있게 했는지는 잘 모르겠습니다. 죄송합니다."

김성호는 미심쩍어 하는 기색이 역력한 얼굴로 이혁의 얼굴을 살폈다. 하지만 안정을 되찾고 평소의 무표정한 얼굴로 돌아간 이혁에게서 그 내심을 짐작하기는 어려웠다.

"정말이냐?"

"예."

입을 굳게 다문 이혁에게서는 더 이상 대답할 것이 없다는 완강한 거부의 뜻을 읽을 수 있었다.

'분명히 처제와 이 자식 사이에 뭔가 있는데… 볼 때

까지 주리를 틀어? 하지만 이놈은 맞는다고 불 성격이 아니잖아.'

이혁을 힐끔거리는 김성호의 눈빛이 시시각각으로 변했다.

'처제가 이놈 이름 언급하면서 그렇게 웃어댄 걸 보면 나쁜 일은 아닌 것 같기도 하고… 이놈도 학교에서 큰 문제를 일으키고 있지는 않으니까… 그냥 경고나 하고 묻어두자. 내가 언제부터 애들 챙겼다고! 더구나 이놈은 내가 챙기기엔 너무 크잖아. 겉만 보면 이놈이 날 챙기는 게 맞겠다.'

이혁은 처분을 기다리는 죄수의 심정으로 김성호의 침묵을 지켜보았다.

김성호의 심사가 어떻게 꼬이느냐에 따라 앞으로 그의 학교생활이 어떻게 변할지 달려 있는 것이다.

행여나 김성호가 그 처제라는 여형사와 그를 대질이라도 시켜서 토요일 은행동에서 무슨 일이 있었는지를 조사한다면 그처럼 끔찍한 일이 없을 것이다.

김성호의 침묵은 이 분 정도 후 깨졌다.

"일단은 널 믿어보마."

이혁의 얼굴이 밝아졌다.

"감사합니다, 선생님."

"사고치지 마라. 처제가 나설 정도로 큰 사고는 더더

욱 치면 안 돼. 알겠냐? 처제 입에서 또 네 이름이 나오면 그때는 이렇게 간단히 넘어가지 않을 거야!"

"명심하겠습니다."

"가봐."

"예."

낼 수 있는 최고 속도로 자리에서 일어선 이혁은 뛰듯이 교무실을 나섰다.

한순간도 더 머물고 싶은 생각이 없는 것이다.

복도에 나선 그의 걸음이 느려졌다.

그의 미간에는 깊은 골이 패여 있었다.

'아무래도 그 여형사를 만나봐야 할 것 같은데…….
그 여자 입을 확실히 틀어막아야 담임이 나를 부르지 않을 테니까. 약점을 찾아볼까…….'

인상을 찡그린 그는 고개를 저었다.

털어서 먼지 안 나는 사람 없다는 말도 있으니 샅샅이 훑어보면 이수하의 약점을 찾을 수도 있을 것이다. 하지만 그렇게 하려면 상당한 귀찮음을 감수해야 했고, 무엇보다도 상대의 약점을 잡아 협박하는 건 그의 성격에 맞지 않았다.

그의 시선이 창밖을 향했다.

구름 한 점 없는 푸른 하늘과 바람에 나뭇가지를 내준 한가로운 숲의 모습이 그의 시야에 들어왔다.

야산으로 둘러싸인 사비고에서만 볼 수 있는 풍경이다.

'약점 잡는 건 좀 그렇고… 입막음을 하려면 여형사의 환심을 사야 할 필요가 있겠는데… 그런데 무슨 수로 형사의 환심을 사지? 형사들이 뭘 좋아할까? 뇌물? 바로 수갑을 채우고도 남을 여자다, 그 여자는. 술을 사줄까? 흐으… 그랬다가는 술병에 맞아 머리가 깨지겠지…….'

고민에 빠진 이혁의 걸음은 시간이 갈수록 느려졌다.

그 느린 걸음으로도 자신의 반을 이미 지나쳐 갔다는 것을 그는 의식하지 못했다.

그의 뒷모습을 어안이 벙벙한 얼굴로 숨죽인 채 지켜보는 수십 명의 학생이 있다는 것도.

고천상사라는 팔뚝만 한 크기의 아크릴 간판이 벽면에 붙어 있는 사무실 문을 열고 들어가자 사방 10여 평 크기의 사무실이 보였고, 서너 명의 건장한 검은 양복 차림의 사내와 소파에 마주 앉아 노닥거리던 여직원이 시선을 부딪쳐 왔다.

스물서넛 정도로 보이는 여직원은 회색의 투피스 정장 차림이었는데 예쁜 얼굴임에도 거부감이 들 정도로 화장이 진했다.

문을 열고 들어서서 말없이 자신들을 쳐다보고 서 있는 블랙진과 검은 티를 입은 장신의 청년에게 알 수 없는 부담을 느낀 그녀가 소파에서 일어나 물었다.

　"무슨 일로 오셨어요?"

　"사장을 만나러 왔습니다."

　이혁의 대답을 들은 여직원의 눈에 의혹이 떠올랐다. 이혁의 말투가 이상했기 때문이다. 그녀와 노닥거리던 사내들의 얼굴이 딱딱하게 변해 있었다.

　그녀는 이혁의 맞은편 벽에 있는 문을 한번 힐끔거리고는 이혁에게 물었다.

　"저… 누구시라고 전해 드릴까요?"

　"이혁이라고 전하면 알 겁니다."

　짤막하게 대답한 순간 소파에 앉은 사내들 중 제일 어려 보이는 사내가 벌떡 일어서며 소리쳤다.

　"젊은 손님, 시비 걸러 온 게 아니라면 말조심해 주는 게 어떻겠습니까?"

　사내의 치켜뜬 눈은 차가워서 당장 주먹이 날아올 것 같은 분위기였는데 의외로 말은 예의를 잃지 않았다.

　편정호가 평소 부하들을 어떻게 가르치는지 일면을 볼 수 있는 태도였다.

　이혁은 혀를 찼다.

　조폭에게 조심할 말 같은 게 있다고는 생각해 본 적도

없는 그였다. 하지만 오늘 그는 싸우러 오지 않았다.

"시비 걸기 위해 온 것이 아닙니다. 내가 볼일이 있는
사람은 편 사장입니다. 굳이 여기서 말을 섞으며 서로
감정 상하게 할 생각은 없으니 안에 내가 왔다고 통보해
주기 바랍니다."

그로서는 할 수 있는 최선의 말이었다.

하지만 그 대답은 일어선 막내뿐만 아니라 앉아 있던
두 사람의 성질마저 건드렸다.

제일 나이 많아 보이는 사내─그래야 이십대 중반 정
도밖에는 안 되어 보였지만─가 일어나 이혁에게 걸어오
며 말했다.

"헐, 시비를 걸러 오지 않았다고 말하는 사람치고는
너무 싸가지 없는 말투라고 생각하지 않소?"

사내들의 기세가 흉흉해지자 여직원은 자신의 책상이
있는 구석 쪽으로 자리를 이동했다.

이런 장면을 자주 본 듯 그녀는 그리 놀란 표정이 아
니었다.

사내 셋이 자신의 앞 1미터 정도까지 다가서는 걸 본
이혁이 갑자기 소리쳤다.

그의 시선은 맞은편의 사장실이라고 쓰인 문에 고정
되어 있었다.

다가서는 사내들에게는 시선도 주지 않는다.

"편 사장! 듣고 있는 거 알고 있습니다. 나오시오! 집 안에서 싸움 나는 걸 꼭 보고 싶습니까?"

악쓰는 거까지는 아니어도 꽤 큰 음성이라 세 명의 사내는 흠칫하며 걸음을 멈추었다.

음성의 톤보다도 그 말을 한 당사자의 태연한 자세가 그들을 더 놀라게 했다.

그들은 이런 상황이라면 당연히 나타나야 할 긴장된 빛을 이혁에게서 전혀 찾을 수 없었던 것이다.

그들이 이혁의 말에 당황하고 있을 때 사장실 문이 한 뼘 정도 소리 없이 열렸다.

"들여보내."

문틈으로 보이는 난감한 기색이 역력한 얼굴의 주인은 편정호였다.

그는 날카로운 눈으로 이혁을 일별하고는 사장실 안으로 사라졌다.

여직원과 사내들은 어정쩡한 모습으로 이혁과 사장실을 번갈아 보다가 사내들은 어색한 표정이 되어 소파로 돌아갔고, 여직원은 이혁에게 사장실을 가리키며 들어가 보라고 했다.

"너무 무례하다고 생각하지 않나? 그래도 여긴 내 집인데?"

중앙의 의자에 앉아 이혁이 문을 열고 들어서는 것을

보고 있던 편정호가 불쑥 말했다.

"네 체면을 손상시키지 않으려고 나름대로 노력했다."

이혁은 무뚝뚝한 음성으로 말했다.

그는 무리를 지어 남을 괴롭히는 자들, 특히 그런 자들을 대표하는 조폭들에 대한 인식이 좋지 않았다.

서울에 있을 때 일과 관련되어 부딪쳤던 자들이 대부분 그 계통에 있는 자들이었고, 그들이 행한 일 중에는 실로 극악무도한 짓들도 적지 않았기 때문이다.

하지만 편정호는 하나의 조직을 이끄는 수장이었다. 조폭에 대한 그의 인식이 최악이라고 해서 부하들 앞에서 편정호의 체면을 깎는 말을 하는 건 생각해 볼 여지가 있었다.

더구나 부탁을 하러 온 처지가 아닌가.

그래서 그는 밖에서 편정호와 그의 부하들에게 존댓말을 사용했다.

그렇지 않았다면 일단 사무실에 있던 자들을 때려눕히고 편정호를 불렀을 것이다.

편정호는 더 이상 이혁을 추궁하지 않았다.

말이 먹힐 상대라야 추궁도 하는 것이다.

이혁처럼 한 귀로 듣고 한 귀로 흘리는 기색이 뚜렷한 자를 계속 추궁하는 건 정력과 시간의 낭비였다.

기분 나쁘다고 두들겨 패는 것도 무리였다.

힘으로는 안 된다.

벌써 당한 전례가 있지 않은가.

사무실 구석에 몰아넣고 부하들 다 불러 협공하면 가능할 것도 같았지만 그렇게 하면 오히려 그날 밤 골목길에서 있었던 일을 광고하는 짓밖에 되지 않았다.

그의 신분으로 고등학생 하나를 상대하는데 조직의 전력을 기울였다는 게 소문나면 이유가 무엇인지 궁금해하는 자들이 반드시 나올 것이기 때문이다.

대전에는 그의 적이 많다.

편정호가 물었다.

"전에 말했던 그것 때문에 온 거냐?"

이혁은 고개를 끄덕였다.

편정호는 차라리 잘되었다는 표정이었다.

그날 이후 그는 이혁의 협박 가까운 부탁이 있을 것이라는 생각에 머리가 아팠다.

빚이라고 하기에는 억울한 면이 있었지만 이혁과의 일은 최대한 빨리 마무리 짓고 싶은 게 그의 솔직한 심정이었다.

편정호가 연이어 물었다.

"뭔데?"

이혁은 미간을 찡그리며 대답했다.

"이수하 형사라고 아나?"

"이수하? 대전중부서 강력2팀의 여꼴통 이수하?"

편정호는 조금 놀란 듯했다.

"그녀를 아는군."

편정호는 아주 작게 이를 부드득 갈며 말했다.

"모를 수가 있나. 대전에서 주먹으로 먹고사는 친구 중에 그 미친년을 모르는 사람은 없을 걸?"

"평가가 아주 혹독한 걸?"

'이 자식도 이 형사한테 당한 적이 있는 모양인데…….'

편정호는 잠깐이지만 평정을 잃은 모습을 보였다. 이름만 아는 사람 사이에서는 볼 수 없는 모습이다.

편정호가 물었다.

"그럴 만하니까."

"이 형사에 대해 아는 대로 말해봐라."

"이수하라…… 경찰대 출신이고 현재 계급은 경위다. 고향은 대전이고, 대전여고를 졸업하고 경찰대를 갔지. 경찰대 졸업 후 바로 형사계를 지원했고, 현재도 강력팀에 배속되어 있다. 경찰대 출신들이 진급을 빨리해서 경찰의 요직에 진출하는 것과는 달리 그 미친년은 온갖 빽을 써서 경찰 3D업종의 하나라는 강력팀에 머물고 있어. 그것도 팀장이 아니라 팀원으로 말이지. 벌써 6년

째야. 들리는 말로는 위에서 진급을 시켜주려고 하면 일부러 사고를 쳐서 진급을 피한다고 하더군. 대전에서 인맥이 있는 사람들이 뭉쳐서 그년을 진급시켜 다른 곳으로 보내려고도 해봤지만 소용이 없었다. 그 대학 출신치고는 희귀한 별종이야. 그래도 지랄 맞은 성격에 비해 능력은 있어서… 으드득… 6년 동안 그년한테 달려간 (잡혀간) 친구들이 수십 명은 넘는다. 아직도 학교(교도소)에서 공부하고 있는 친구들도 많고. 그년 별명이 피라니아야. 한 번 물면 뼈만 남긴다는 그 물고기 이름을 별명으로 얻을 만큼 독종이지."

입에서 침을 튀며 이수하의 신상내력을 읊어대던 편정호가 의아한 얼굴로 물었다.

"그런데 그 미친년은 왜?"

"자세한 건 알 거 없고, 이 형사하고 좀 안 좋은 일로 얽혔다."

이혁은 떨떠름한 얼굴로 말을 이었다.

"이 형사한테 선물을 좀 해줘야겠는데 뭐가 좋을지 조언을 얻고 싶다."

편정호는 피식 웃었다.

그의 눈에 지금까지 없었던 여유가 떠올랐다.

그도 암흑가에서 산전수전, 공중전에 백병전까지 거치며 이 자리에 선 인물, 이혁의 말에서 대강의 상황을 유추하는 건 어렵지 않았다.

"그년한테 약점을 잡혔구나."

"……."

이혁의 얼굴이 일그러졌다.

"날 찾아온 건 그 선물에 대해 생각한 바가 있어서일 테지?"

이혁은 일그러진 얼굴을 펴며 고개를 끄덕였다.

"이 형사가 좋아할 만한 선물이라면 사건일 듯싶다는 생각이 들어서 널 찾은 거다. 다른 게 통할 거 같지 않은 여자야."

편정호는 작은 눈을 반짝이며 웃음을 터트렸다.

"하하하하, 무슨 일인지 모르지만 이수하를 제대로 봤군. 그년은 뇌물이 통하지 않는다. 그년이 강력팀에 온 처음 2년 동안에는 그년한테 뇌물을 먹이려고 했던 놈들이 몇 있었는데 현장에서 모조리 뇌물공여의사표시죄로 팔찌(수갑)를 찼지. 억 단위가 넘는 가방을 들고 간 놈도 있었지만 단 한 번도 예외는 없었다. 그래서 지금은 그년한테 뇌물을 쓰려는 놈들이 없어. 그년은 진짜 꼴통이다."

"네 말대로면 꼴통이 아니라 청렴하고 강직한 형사 같은데? 성격은 사이코지만…… 아무튼 그 여자 성격이 어떤지는 내 알 바 아니고. 이 형사가 혹할 만한 사건을 알고 있는 게 있으면 정보를 줘."

편정호는 턱을 긁으며 이혁을 봤다.

그가 말했다.

"지금 당장은 없어. 네가 얽힌 일이 뭔지는 몰라도 그년 마음을 바꾸려면 웬만한 사건 정보로는 어림도 없을거다. 그 정도 정보는 나라도 알아봐야 얻는다."

"알아봐 주겠지?"

"이걸로 빚이 청산된다면."

편정호의 득의한 눈을 보며 이혁은 입맛을 다셨다.

원래 목적과는 영 딴판인 부탁을 하게 된 것이 아쉬웠던 것이다. 하지만 어쩔 수 없는 일이었다.

그는 대전의 사정을 몰랐고, 혼자 힘으로는 이수하의구미를 당기게 할 만한 사건 정보를 얻기 어려웠다.

시간을 투자한다면 못할 건 없었다. 그러나 시간이 얼마나 걸릴지도 몰랐고 또 그 과정에서 어떤 사고를 치게될지도 몰랐다.

무사안일한 학교생활과 졸업을 꿈꾸는 그로서는 편정호 외에 선택의 여지가 없었다.

"청산된다."

만족한 편정호가 미소를 지으며 말했다.

"며칠 걸릴 거다."

"기다리지."

이혁은 일어섰다.

볼일은 끝난 것이다.

일어선 이혁을 물끄러미 올려다보던 편정호가 생각난 듯 불쑥 물었다.

"네가 배운 무술은 어떤 거냐? 고수라고 불리는 자들과 백 번도 넘게 싸워보았고, 산중기인이라는 사람이라면 만나보지 않은 사람이 없는 나지만 네 무술의 연원은 모르겠다."

"비인부전 일인전승의 신비무술이라 말해도 넌 모른다."

이혁은 심드렁한 어조로 대답했다.

편정호의 눈가에 아쉬움이 스쳐 지나갔다.

이혁의 대답은 성의가 없었다. 그리고 그것은 이혁이 편정호의 궁금증을 풀어줄 의사가 전혀 없다는 것을 알 수 있게 했다.

입을 꾹 닫고 사무실을 나서기 위해 문고리를 잡은 이혁이 생각난 듯 편정호에게 고개를 돌렸다.

의아해하는 편정호의 눈과 눈을 부딪친 이혁이 말했다.

"나도 궁금한 게 있는데…….."

"……?"

"너, 워해머라는 별명 말이야. 싸움 잘해서 생긴 거

아니지? 아무래도 네 머리의 강도 때문인 거 같은데. 맞
지?"

"……."

입술을 악문 편정호의 얼굴은 우거지상이 되었다.

이혁은 소리 없이 웃으며 문고리를 잡아당겼다.

제3장

퍽!

책상 위에 두 발을 걸치고 수건을 얼굴에 뒤집어쓴 채 의자에 늘어져 있던 이수하는 의자를 걷어차는 거친 발길에 신경질을 내며 발을 내렸다.

"말로 하자고요, 팀장님! 어제 잠복하느라고 날 샌 거 알잖아요!"

강력2팀장 최태영은 말도 안 되는 소리를 듣기라도 한 것처럼 눈을 휘둥그레 떴다.

"야, 무슨 자다가 봉창 두드리는 소리냐? 네가 언제 말로 해서 들은 적이 있었어! 그리고 강력팀 형사가 잠복으로 날 한 번 샜다고 힘들다는 거야 뭐야! 잡기나 했으면 말도 안 해. 뒷창문으로 들어왔다 나가는 놈도 놓친 주제에 말이 많아."

"아, 증말! 그 새끼가 원숭이처럼 그렇게 작은 다락의 창으로 들락날락하는 재주가 있는 줄 제가 어떻게 예상했겠어요? 초등학교 2, 3학년 애들도 다니지 못할 정도로 작은 창문이었는데……."

말하며 이수하는 사무실을 훑었다.

그녀 혼자뿐이다.

출근한 팀장이 과장실 아침회의에 참석한 사이 깜박 잠이 든 그녀만 두고 모두 내뺀 것이다.

"흥, 항상 놓친 놈들이 말이 많지."

최태영은 드러나게 코웃음치며 말했다.

"그 새끼 놓친 건 과장님도 모르는 일이니 이 일로 과장님이 갈구셨을 리는 없고… 팀장님, 아침에 사모님하고 싸웠어요?"

최태영의 눈에 핏발이 섰다.

정곡을 찔린 것이다.

"갑자기 마누라가 왜 나와!"

"나올 만하니까 나오죠!"

열세에 몰린 최태영이 화제를 바꿨다.

"낼 모레면 서른이 될 나이인데 아직 시집도 안 간 것이 남의 마누라는 왜 들먹여!"

이수하의 그림 같은 눈매에 주름이 잡혔다.

그녀가 가장 듣기 싫어하는 얘기가 바로 결혼에 대한 것이다.

그녀는 긴 손가락을 들어 눈가를 쓰다듬으며 말했다.

"팀장님 때문에 주름이 얼마나 늘었는지 알아요? 이 주름들… 이것들 때문에 제가 시집 못 가는 거 아니냐고요. 팀장님이 제 인생 책임질 거예요?"

최태영은 한 번 더 이수하의 의자를 세차게 걷어찬 후 자신의 자리로 갔다.

자리에 앉은 그는 이수하를 노려보았다.

이수하의 얼굴에 주름은 없다. 인상을 찡그렸을 때나 미세한 주름이 보일 뿐이다.

그가 큰소리로 말했다.

"미쳤냐! 네 인생을 내가 왜 책임져, 임마! 지금 있는 마누라 하나만으로도 인생이 고달프기 짝이 없는 판인데, 헛소리 말고 이리 와봐."

이수하는 어기적거리는 걸음으로 걸어가 최태영의 책상 앞에 놓인 의자에 철푸덕 주저앉았다.

최태영의 미간에 굵은 주름이 몇 개 생겼다.

"좀 조신하게 굴면 안 되냐? 내숭을 조금만 떨어도 네 얼굴에 그 계급이면 시집을 가도 벌써 갔겠다. 무슨 여자애가 사내놈보다 더 하니……."

"아침부터 스트레스받게 하려고 작정하셨어요? 안 그러셔도 스트레스 만땅이에요. 할 말이나 하세요."

의자에 등을 척 기댄 이수하의 말에 최태영은 눈을 부라렸다.

"자꾸 그따위로 싸가지 없게 나오면 네 아비 놈한테 확 일러 버린다!"

이수하는 이를 부드득 갈며 자세를 바로 했다.

정년이 2년 남은 강력2팀장 최태영은 순경부터 진급한 사람으로 현재 계급은 경위다.

그녀의 계급과 같지만 나이는 그녀의 아버지뻘이다. 그리고 실제로 그는 그녀의 부친과 한 동네에서 자란 죽마고우였다.

최태영이 그녀의 아버지에게 그녀가 정말 싸가지 없다는 말이라도 한다면 그날로 그녀의 종아리에서는 불이 날 것이다.

그녀의 부친은 그녀를 눈에 넣어도 아프지 않을 정도로 사랑하지만 매를 아낀 적은 한 번도 없는 사람이다.

'이 나이에 종아리가 시커멓게 죽어서 다닐 수야 없지.'

이수하가 허리를 세운 것을 본 최태영은 쯧쯧거리며 책상 위에 있던 서류뭉치를 그녀에게 던졌다.

"뭐예요, 이건?"

서류뭉치가 사건파일이라는 걸 몰라서 물은 게 아니다.

　"눈이 삤냐? 한남대 부근에서 발생한 소매치기 사건들에 대한 서류잖아."

　최태영의 말투는 여전히 삐딱했다.

　이수하가 고분고분한 적이 없는 탓이다.

　하지만 이수하의 관심은 벌써 최태영을 떠났다.

　서류를 들춰본 그녀의 얼굴에 놀란 빛이 떠올랐다.

　"두 달 정도 사이에 발생한 사건이 이렇게 많아요?"

　얼추 봐도 파일의 권수는 열 개가 넘었다.

　"신고하지 않은 피해자까지 생각하면 스무 건도 넘을걸."

　"그런데 이거 어떻게 구하셨어요? 한남대 부근이면 우리 관할구역이 아닌데?"

　그녀가 속해 있는 경찰서는 대전중부경찰서다. 그리고 한남대가 있는 대덕구는 대덕경찰서 관할이다.

　관할지역이 아닌 곳에서 발생한 사건 서류를 얻는 절차는 상당히 복잡하다. 그런데 그녀의 손에 들린 서류는 사본이기는 해도 공식적으로 보고된 것들이었다.

　최태영이 은근히 공을 들였다는 뜻.

　최태영은 그녀의 질문을 예상했다는 듯 책상 측면의 가장 아래에 있는 서랍을 열고 한 묶음으로 된 파일을 꺼내어 그녀에게 던졌다.

"지난겨울에 우리 관내에서 발생한 소매치기 사건들 서류다."

이수하가 의아한 듯 파일을 손에 들고 물었다.

"미제사건철이잖아요?"

미제사건은 용의자를 검거하지 못해서 일단 수사를 중지한 사건들이다.

대부분의 미제사건은 관련된 단서가 발견되지 않으면 문서창고에서 다시 나올 일이 없다.

"수법이 같아. 그리고 우리 것과 대덕서 사건의 용의자가 동일인이라는 정보를 갖고 있는 놈이 있다. 그놈을 만나 봐."

긴 설명은 필요 없었다.

이수하의 눈이 매섭게 번뜩였다.

"예."

"필요한 건 서류 뒤에 적어놨다."

"알겠습니다."

"어제 잠복했던 놈은 당분간 잊어. 이 손버릇 나쁜 후레자식부터 잡고 보자."

"그래야죠."

이수하의 얼굴에 활기 찬 미소가 떠올랐다.

잠을 못잔 그녀의 얼굴에는 기름기가 흘렀다. 하지만

미소를 짓는 그녀의 아름다움은 여전했다.

대전에서 근무하는 총각 경찰관들의 꿈이 그녀의 웃는 얼굴을 보는 것이라고 하던가.

최태영은 쓰게 웃었다.

'드러운 성격이 소문나서 이제는 접근하려는 놈도 없다고 하던데… 오죽하면 성깔 없는 놈 없다는 동료 경찰들조차 언감생심 감히 데이트 신청할 생각도 하지 못할까. 아… 도대체 저 녀석을 어떻게 해야 시집보낼 수 있을까……'

끈기와 능력이 있는 부하를 둔 것은 좋아해야 마땅한 일이었다.

강력팀 팀장이라면 누가 이수하 같은 부하를 싫어하겠는가. 하지만 밖으로만 나도는 막내딸이 시집가는 걸 보고 싶어 하는 불알친구를 생각하면 마냥 좋아할 일만도 아니었다.

이수하를 꼬아보는 최태영의 눈길은 정말 곱지 않았다.

*   *   *

"변태오빠, 오늘은 나하고 같이 학교 가지 않아서 좋겠어, 그치?"

거실 소파에 앉은 채 말하는 지수의 음성은 내용의 뉘앙스와는 달리 힘이 하나도 없었다.

열꽃이 피어 붉은 얼굴에는 송골송골 진땀도 흐른다.

밥그릇과 수저를 싱크대에 놓고 몸을 돌리던 이혁은 쓴웃음을 지었다.

입술을 삐죽거리는 인형처럼 귀여운 지수의 얼굴에 떠오른 힘겨운 표정을 보니 마음이 불편해진 것이다.

그는 지수에게 다가가 그녀의 머리를 헝클어뜨렸다.

보통 사람보다 반은 더 크고 손가락도 긴 손이라 지수의 머리가 통째로 그의 손아귀에 잡혔다.

"아침부터 헛소리하지 말고 약 잘 먹고 푹 쉬어."

"흥."

지수는 심통이 난 듯 코웃음을 쳤다. 하지만 간밤에 걸린 몸살이 심해진 탓에 콧소리는 작았다.

이혁에 이어 밥그릇과 수저를 싱크대에 놓던 지윤이 지수를 흘낏 보더니 말했다.

"아파 죽겠다는 애가 말할 힘은 넘치나 보네."

"흥, 언니는 빨리 학교나 가셔!"

지수는 지윤에게 눈을 흘겼다.

이 미모의 자매는 사이가 별로 좋지 않았다.

지윤은 성격이 남자 같아서 잔정을 드러내는 법이 별로 없었고, 지수는 언제나 자신보다 다른 사람의 관심을 먼저 가져가는 지윤을 질투했다.

둘 다 예민할 때라 그녀들의 말다툼을 볼 기회는 자주 있었다.

한 번 더 거칠게 지수의 머리카락을 헝클어놓은 후 이혁은 성큼성큼 문으로 걸어갔다.

그런 이혁의 뒷모습을 보며 아픈 기색과 어울리지 않게 눈을 빛내던 지수가 불쑥 물었다.

"근데 변태오빠, 이번 중간고사에서 정말 꼴찌 했어?"

"컥……."

우당탕.

발이 꼬인 이혁의 몸이 거실 바닥을 굴렀다.

휘청거리며 일어선 이혁은 빠르게 오정희와 지윤의 안색을 살폈다.

지수의 말에 오정희는 놀란 얼굴로 그를 보고 있었고, 지윤은 못 들은 척 자신의 방으로 걸어가고 있었다.

"혁아, 정말이니?"

한 달 반이 넘어가면서 이혁과 스스럼없이 말을 놓을 정도가 된 오정희가 물었다.

이혁은 뒷머리를 긁적이며 고개를 끄덕였다.

꼴찌라고 하긴 뭐하지만 제일 밑에 등급을 받은 건 사실이었다.

할 말이 뭐가 있겠는가.

오정희는 걱정스러운 기색이 완연한 얼굴로 말했다.

"한 살 어린 후배들과 함께 공부하는 게 적응하기 어려우리라는 건 충분히 짐작했지만 꼴… 찌는 좀 심한 것 같네……."

아들이 없는 오정희는 이혁을 아들처럼 대했는데, 처음에는 어색해하던 그도 이제는 그러려니 했다.

속옷까지 빨아주고, 주말에는 집에 박혀 있다시피 하는 그에게 시도 때도 없이 간식을 챙겨주는 오정희의 친근한 모습이 낯선 사람에 대한 그의 거부감을 많이 약화시킨 것이다.

"신경 쓰지 않으셔도 됩니다, 오 여사님."

나름대로 부드럽게 말하려 노력했지만 스타일이 어디 갈까.

그의 무덤덤한 말을 들은 오정희는 서운한 빛이 뚜렷했다.

이혁의 이마에 식은땀이 솟았다.

'이제는 아줌마까지…….'

"혁이는 내가 관심 같은 게 부담스러운가 봐?"

"그럴 리가요! 늘 감사드리고 있습니다. 단지, 제가 공부하고 거리가 좀 먼데 그런 것까지 신경 쓰시게 하는 게 죄송해서 그렇습니다."

"혁이 학생이 공부하는 걸 힘들어하면 내가 시은 씨를 어떻게 볼 수 있겠어? 오늘 학교 다녀와서 나하고 얘기 좀 할 수 있을까?"

이혁은 지수에게 인상을 한번 써주고는 힘없이 어깨를 늘어뜨리며 대답했다.

"예, 오 여사님."

"기다릴게. 늦지 마."

"예."

빈 가방을 어깨에 메고 계단을 내려온 이혁은 대문을 막 나서는 지윤을 볼 수 있었다.

언제나 그보다 먼저 등교하던 지윤이지만 오늘은 지수가 아픈 탓에 조금 늦은 것이다.

언제나 현관문 앞에서 그와 지수를 배웅하던 오정희의 모습도 보이지 않았다.

몸이 아픈 지수 때문일 것이다.

이혁은 떨떠름한 얼굴로 지윤의 뒤를 따라 집을 나섰다.

그는 지윤과 거리를 두며 걸었다.

그녀와 나란히 걷고 싶은 생각은 눈꼽만치도 없었다.

그가 이번 중간고사에서 꼴찌를 했다는 걸 지수가 알게 된 경위는 굳이 머리를 쓰지 않아도 짐작할 수 있었다.

지윤이 지수에게 말했을 것이 분명했다.

학교가 달랐지만 지윤이 알아보려고 하면 이혁의 중간고사 성적이 어떤지는 어렵지 않게 알 수 있는 일이다.

어느 학교에나 초등학교와 중학교 동창생은 있으니까.

지역 토박이가 갖고 있는 힘이다.

그 뒤에 알아낸 걸 넌지시 말해주면 언제나 이혁을 놀려먹을 건수를 찾는 지수가 가만있지 않을 거라는 것도 예상할 수 있는 일이고.

아직도 그를 그날 밤의 변태로 의심하고 있는 지윤의 복수였다.

정류장에 도착한 학교로 가는 버스를 타기 위해 걸음을 옮기던 이혁은 자신에 앞서 버스에 오르는 지윤을 볼 수 있었다.

'……이 버스가 한밭외고도 가나?'

지윤과 한 번도 같이 등교한 적이 없는 그로서는 몰랐던 일이었다.

지윤이 다니는 한밭외고는 충청지역에서 일류대에 가장 많은 학생을 보내는 학교여서 그 학교 배지를 달고 있는 것만으로도 영재 대우를 받았다.

당연히 그 학교 학생들의 자부심은 하늘을 찌를 듯 높았다.

지윤이 대전 최고의 꼴통학교로 알려진 사비고에 다니는 이혁을 무시하는 데는 그런 이유가 있었다. 그런데 변태로 의심받는 상황에서 성적까지 알려졌으니 그녀가 이혁을 백안시하는 건 어찌 보면 자연스러운 일이었다.

버스는 등교하는 학생들과 출근하는 회사원들로 인해 발 디딜 틈도 없을 만큼 만원이었다. 하지만 매일 아침마다 이런 상황인 터라 지윤과 이혁은 어렵지 않게 사람들 틈을 뚫고 자리를 잡았다.

앞서 자리 잡은 지윤의 뒤 조금 떨어진 곳에서 이혁은 팔짱을 끼고 버티고 섰다.

무표정한 얼굴이지만 눈빛 깊은 곳에 짜증이 묻어난다.

입 냄새와 화장품 냄새를 비롯한 온갖 냄새들이 떠도는 버스 안에서 사람들과 이리저리 몸을 부딪치며 학교에 도착하면 체력에 관해서는 누구보다 자신 있는 이혁도 지칠 지경이 되곤 했다. 더구나 지수와 함께 타면 그는 지수의 자리를 확보하고 뒤에 서서 그녀를 보호해야 했다.

만원 버스에 타면 간혹 손이나 아랫도리 버릇이 좋지 않은 사내놈들이 지수의 뒤에 붙었기 때문이다.

하지만 오늘 그는 지윤과의 사이에 두 명의 손님을 두고 섰다.

지윤은 지수와 달랐다. 그가 지수에게 하던 것처럼 지윤을 보호할 이유는 없었다.

그를 놀리는 게 취미였어도 동생을 가진 적이 없던 그에게 지수는 여동생처럼 여겨졌고, 가끔은 귀엽다는 생각이 들기도 했다.

그런 감정이 없었다면 그는 지수의 어리광을 받아주지 않았을 것이다.

버스의 진동에 몸을 맡기고 팔짱을 낀 채 반쯤 잠이 들었던 이혁은 주변의 공기가 뜨거워지는 것을 느끼고 눈을 떴다.

사람이 많은 탓에 차 안의 온도가 밖보다 높긴 해도 이 정도로 뜨겁지는 않다.

이혁은 눈살을 찌푸리고 있었다.

지수와 함께 버스를 타고 등교하게 된 후 그는 버스 안의 갑작스런 온도 상승이 어떤 경우에 발생하는지 잘 알게 되었다.

오른쪽으로 고개를 돌린 그는 자신의 생각이 맞았다는 것을 알고 혀를 찼다.

지윤의 뒤에 삼십대로 보이는 양복 차림의 사내가 서 있었고, 그녀의 얼굴은 무섭게 굳어 있었다.

'저 자식, 보는 눈이 형편없는 놈이구만. 건드릴 여자가 없어서 지윤이한테 손을 대나.'

이혁은 군이 끼어들 필요를 느끼지 못했다.

지윤의 성격으로 보아 자기 몸을 주무르는 놈을 그냥 놔둘 턱이 없다고 생각했기 때문이다.

하지만 이혁은 곧 자신의 생각이 빗나갔다는 것을 알게 되었다.

지윤은 소리를 지르지도 몸부림을 치지도 않았다.

입술을 악문 표정에는 수치심이 가득했고, 눈가에는 눈물이 그렁그렁 매달렸다.

'응? 쟤가 왜 저래?'

예상과 다른 전개에 의구심을 느낀 이혁은 곁눈질로 지윤의 주변을 살폈다.

그의 눈빛이 변했다.

'이런 개잡놈들이…….'

한 놈이 아니었다.

뒤에 있는 놈은 지윤의 뒤에서 손으로 그녀의 엉덩이를 주무르면서 하체를 밀어붙이고 있었고, 왼쪽에 있는 이십대 중반쯤 되어 보이는 청바지 차림의 놈은 그녀의 허리춤에 날이 짧은 잭나이프를 대고 있었다.

손등으로 칼을 덮어 교묘하게 사람들의 눈을 피했지만 3미리쯤 드러난 칼끝은 이혁의 눈을 피하지 못했다.

하긴 날이 드러났어도 사람들은 몰랐을 것이다.

만원 버스에서 다른 사람에게 관심을 갖는 사람은 거

의 없으니까.

지윤이 발작하지 않은 이유가 그 칼 때문임을 직감한 이혁의 눈빛에 살기가 어렸다.

그는 치한이 적당한 정도에서 그치면 모른 채 그냥 지나갈 생각이었다.

정의감이 투철한 그도 아니고, 지윤에게 잘 보일 일도 없었다.

하지만 놈들은 적당한 수준을 벗어나 있었다.

생판 모르는 여자라도 칼을 들이댄 놈들에게 저런 짓을 당하는 것을 보면 속이 뒤틀릴 텐데, 지금 당하고 있는 건 한 지붕 아래 살고 있는 사람인 것이다, 사이가 좀 안 좋긴 했지만.

'이 자식들 전문 추행범들이야 뭐야? 칼로 위협을 하고 주물러? 요새 트렌드가 변했나?'

살기를 느끼는 가운데서도 이혁은 어이가 없어 내심 고개를 휘휘 저었다.

출퇴근 버스나 전철에서 손장난하는 놈들은 심심치 않게 봤지만 칼을 들이대고 저런 짓을 하는 놈들은 본 적이 없었다.

추행에도 등급이 있다면 최저에 속할 놈들이었다.

같은 방향의 차창 밖을 보는 이혁과 지윤 사이에는 두 사람이 있었고, 칼을 든 놈은 이혁의 오른쪽에 서 있는 사람 너머에 있었다.

작정을 하고 막 걸음을 떼려던 이혁의 눈에 이상한 움직임이 잡혔다.

지윤의 옆구리에 잭나이프를 댄 놈이 왼손으로 앞에 선 정장 차림의 아가씨 핸드백에 번개처럼 들어갔다 나왔던 것이다.

구렁이가 담을 타 넘어가는 것처럼 유연하면서도 숙련된 움직임이었다.

사내와 같은 손놀림은 하루아침에 만들어지지 않는다.

'이 잡놈의 새끼들… 임도 보고 뽕도 따는 놈들이네…….'

상대가 전문 소매치기라는 걸 깨달은 이혁의 움직임이 신중해졌다.

소매치기들은 예외 없이 무기를 소지하고 있는데다가 잔인하다는 걸 알기 때문이다.

그는 서울에서 세 개의 역에 걸쳐 영역을 구축하고 있던 소매치기 일당을 박살 내면서 그들의 잔인성을 온몸으로 경험한 적이 있었다.

그의 시선이 지윤의 주변을 빠르게 훑었다.

둘이 눈에 띠지만 일당이 더 있을 수도 있었다.

'한 놈 더… 세 놈이군.'

그가 점찍은 자는 삼십 전후로 보이는 사내로 90킬로

가 넘어 보일 정도로 덩치가 컸는데 지윤의 오른쪽에 서 있었다.

사내는 덩치도 큰 데다 품이 큰 밤색 점퍼를 걸치고 있어 다른 일당의 움직임을 은연중 커버해 주고 있었다.

이혁은 버스의 진동에 몸을 맡기며 사람들 속을 파고들었다.

단단한 그의 어깨가 밀려들자 사람들은 짜증이 나는 듯 그를 보았다. 하지만 그의 무표정한 얼굴과 차가운 눈빛을 보고는 흠칫한 표정이 되어 바로 고개들을 돌렸다.

지윤의 등 뒤에 붙은 양복사내의 뒤를 차지한 이혁의 입술이 뒤틀렸다.

신속하게 놈들을 무력화시켜야 했다.

지윤이 옆구리에 닿아 있는 칼도 칼이지만 기회를 주면 무슨 짓을 할지 모르는 놈들이었다.

슬그머니 아래로 내려간 그의 오른손이 사내의 두 다리 사이를 지나 앞쪽으로 솟으며 사내의 성기를 꽉 움켜잡았다.

지윤의 엉덩이를 주무르다 참지 못하고 치마를 슬쩍 걷어올리고 있던 사내의 얼굴이 새하얗게 변했다.

그의 얼굴은 순식간에 식은땀으로 뒤덮였다.

그의 눈은 퉁방울처럼 튀어나왔고 입은 쩍 벌어졌다.

소매치기는 섬세한 직업(?)이다.

숙련되면 손뿐만 아니라 전신의 감각까지 섬세해진다.

양복사내의 기색이 변한 걸 먼저 알아차린 건 청바지 사내였다.

그는 잭나이프로 살짝살짝 지윤의 옆구리를 찌르며 그때마다 움찔거리는 그녀의 반응을 즐기던 중이었다.

그가 곁눈질로 본 양복사내는 비명도 지르지 못한 채 입만 딱 벌리고 있었고, 얼굴빛은 똥색이었다.

청바지사내의 뇌리에 요란한 경고음이 울렸다.

'노가다(형사)인가?'

기자들은 형사를 곰이라고 부르지만 뒤가 구린 놈들은 형사들을 노가다라고 부른다.

노가다는 열악한 여건 속에서 발로 뛰어 사건을 해결할 수밖에 없는 형사들을 비웃는 용어다.

긴장한 청바지사내의 눈에 양복사내의 뒤에 서 있는 멀대 같은 고교생이 들어왔다.

그와 눈이 마주친 고교생이 흰 이를 드러내며 소리 없이 웃었다.

그 웃음이 이상하게 섬뜩하다 여길 때 그는 고교생의 어깨가 미미하게 흔들리는 걸 볼 있었다.

양복사내의 성기를 잡아 뽑듯이 아래로 끌어내린 이혁은 왼손바닥으로 그의 오른손을 따라 주저앉는 양복사내의 관자놀이를 강타했다.

"……."

비명도 없이 사내의 몸이 점퍼사내 쪽으로 튕겨 나가
는 순간, 양복사내의 귀밑머리를 강타한 이혁의 왼손이
반원을 그리며 청바지사내의 잭나이프를 든 손목을 도끼
처럼 내려팼다.

빠각!

"흐윽!"

고교생과 눈이 마주친 후 눈 한 번 깜박이기도 전에
동료인 양복사내가 기절한 터라 청바지사내는 뭐가 어떻
게 되는지도 모르고 눈만 껌벅이고 있다가 손목을 내주
어야 했다.

부러진 손목으로부터 전해지는 끔찍한 고통에 청바지
사내가 이를 악물 때 이혁의 왼발 뒤꿈치가 청바지사내
의 오른발 오금을 찍어 찼다.

균형을 잃은 청바지사내가 무릎을 꺾으며 상체가 휘
청하며 뒤로 꺾였고, 그 순간 이혁의 오른손이 청바지사
내의 턱을 강타했다.

덜컥.

청바지사내의 몸이 허공으로 10여 센티 떴다가 떨어
졌다.

역시 기절.

양복사내가 자신을 향해 쓰러지고 거의 동시에 청바지사내가 반쯤 눈이 돌아간 얼굴로 허공에 떠오르는 걸 본 점퍼사내가 기겁을 하며 뒤로 두어 걸음 물러섰다.

양복사내의 몸이 점퍼사내가 있던 자리에 힘없이 무너졌다.

두 사내가 쓰러지면서 공간은 어느 정도 생겨났지만 버스 내의 인원이 준 것은 아니다.

당연히 점퍼사내가 움직일 공간은 한정될 수밖에 없었다.

기절초풍한 점퍼사내는 양복사내를 부축하려다가 눈을 부릅떠야 했다.

쓰러지는 양복사내의 배를 밟고 뛰어오른 이혁이 무릎으로 그의 복부를 올려 차고 오른 팔꿈치로 그의 이마를 찍어왔던 것이다. 게다가 그 속도는 눈으로 보면서도 믿을 수 없을 정도였다.

제대로 보지도 못할 지경인데 피하거나 막는 것이 가능할 리 없었다.

퍼퍽!

…….

버스 안에 침묵의 강이 흘렀다.

상황파악이 안 된 사람들이 슬금슬금 그의 주변에서 멀어지는 것을 깨달은 이혁은 어색한 얼굴로 입맛을 다셨다.

지윤만이 새파랗게 질린 얼굴로 눈을 커다랗게 뜬 채 그를 보고 있을 뿐이었다.

그것은 깨뜨린 것은 어울리지 않는 휘파람과 박수 소리였다.

짝짝짝짝짝.

"휘이익, 죽여주는데!"

피곤한 기색이 엿보여도 귀를 시원하게 해주는 맑은 여자의 음성이었다.

목소리가 들려오는 방향으로 고개를 돌린 이혁은 기겁했다.

뒷좌석 쪽에서 사람들을 헤치며 걸어오는 이수하를 보았기 때문이다.

"너희 새끼들을 소매치기와 강제추행의 현행범으로 체포한다. 변호사를 선임할 권리가 있고, 불리한 진술을 거부할 권리도 있다. 그렇게 하든지 말든지는 니들 마음이지만 말이야."

이수하는 그녀보다 앞서 뛰쳐나간 조원 박장호가 미란다 원칙을 읊으며 쓰러진 세 사내에게 수갑을 채우는 것을 한 번 힐끗 보고 이혁에게 말했다.

"용감한 시민상이라도 줘야 될 거 같은 걸?"

이수하의 음성에서 호의를 느낀 이혁은 오히려 한 걸

음 물러났다.

"그런 거 원하지 않습니다, 이 형사님. 절대로요!"

돌아가는 상황을 대충 짐작한 버스 안의 사람들이 호기심에 찬 눈으로 이혁을 볼 때 버스가 섰다.

정류장에 도착한 것이다.

아직 학교까지는 두 정거장이 더 남았지만 이혁은 망설이지 않고 버스에서 내렸다.

이수하와 함께 버스를 타고 가는 건 생각만 해도 끔직한 일이었다.

버스에서 내리던 그는 슬쩍 지윤을 돌아보았다.

지윤은 창백한 얼굴로 얼음덩이가 되어 있었다.

몇 분 안 되는 시간 동안 그녀가 겪은 일은 상상 이상이었다. 그 자리에 주저앉지 않은 것만도 용했다.

버스에서 내린 이혁의 모습이 빠르게 작아지는 것을 본 이수하는 싱긋 웃었다.

"박 형사, 저 여자애하고 소매치기 피해자 확보하고 지원요청해서 저 자식들 사무실에 데려다 놔."

팀장인 최태영에게 서류를 건네받고 정보를 주겠다는 녀석을 만난 후 사흘 동안이나 추적해서 잡은 놈들이었다.

"예, 이 형사님."

버스에서 내린 이수하는 이혁을 따라잡기 위해 뛰었다.

탁탁탁탁탁.

이혁의 얼굴이 일그러졌다.

돌아보지 않아도 뒤에서 보도블록을 차며 다가오는 하이힐 소리의 주인공이 누군지는 뻔했다.

'뛸까? 아서라. 더 꼬인다.'

걸음을 멈춘 그는 이수하를 기다렸다.

그와 어깨를 나란히 하게 된 이수하는 이혁의 어깨를 짚고 허리를 숙이며 가쁜 숨을 몰아쉬었다.

날을 샌 몸으로 뛰는 건 쉬운 일이 아니다.

"헉헉, 야 임마, 헉헉, 무슨 걸음이 그렇게 빨라?"

"보폭이 크잖습니까."

이혁이 크게 한 걸음 내딛으며 심드렁하게 대꾸하자 이수하는 눈을 치켜떴다.

"성질하고는… 솜씨 괜찮더라."

칭찬이지만 정말 달갑지 않다.

"선생님 처제시라면서요?"

"그 인간이 말했어? 하여간 입도 싸요. 형부만 아니면 그냥……."

"맥주 건, 선생님한테 얘기하지 않는 거… 고맙습니다."

이수하가 눈을 흘겼다.

피곤해서 그런지 성깔이 드러나지 않은 그 눈매가 어

울리지 않게 왠지 요염하다.

갑작스레 든 그 느낌에 이혁은 당황했다.

연상의 절세미인은 시은 하나로 족했다.

그녀 하나에게 당하는 희롱(?)만으로도 충분히 버거운 청춘이 아니던가.

그는 이수하를 깊이 알고 싶다는 생각은 해본 적도 없었다.

오직 그녀의 마수에서 현명하게 벗어날 수 있는 방법을 강구했을 뿐.

"고맙다는 말도 할 줄 알아?"

"염치는 좀 있습니다."

이혁은 혀를 차며 물었다.

"그런데 여기는 웬일이십니까? 이 형사님 관할이 아니잖아요?"

이수하의 눈이 빛났다.

경찰은 지구대(예전에 파출소라 부르는 관서 세 개를 하나로 통합한 시스템)마다 관할지역이 따로 있고, 경찰서도 관할지역이 있고, 그 위의 지방경찰청도 관할지역이 있다. 그리고 경찰은 특별한 명령이나 사건이 발생하지 않는 한 그 지역을 벗어나지 않는다.

민간인들은 사건을 접수할 때 경찰이 관할을 따진다고 욕을 해대지만 깊이 알면 경찰을 욕할 일만도 아니다. 관할은 경찰이 편의상 정한 것이 아니라 형사법 체계의 필요 때문에 만들어진 것이다.

경찰이 관할지역을 벗어난 사건을 자유로이 취급하면 검찰과 법원까지도 혼란스러워진다.

그들에게도 관할지역이 정해져 있기 때문이다. 하지만 대부분의 민간인은 이런 사정을 잘 모른다.

이혁이 관할을 언급한 것은 그가 이런 형사법 시스템의 기본을 알고 있다는 뜻이었고, 그의 나이와 행동거지를 고려할 때 그가 경찰의 시스템을 어떻게 알게 되었는지의 답은 하나였다.

숨을 가다듬은 이수하가 휘파람을 불며 말했다.

"호오~ 너, 뭘 아는구나. 서울에 있을 때 사고 꽤 쳤었나 보지?"

이혁의 얼굴이 일그러졌다.

"……."

"난 강력팀 형사야. 죄짓는 놈 냄새를 맡으면 어디든 가는 게 내가 국민이 낸 세금으로 월급받는 이유야. 필요하면 외국에도 가는데, 타경찰서 관내에 잠깐 오는 거야 일도 아니지. 호호."

"오늘 웃음은 그날 웃음과 좀 다르네요."

이혁이 떨떠름한 표정으로 말하자 이수하는 눈을 치켜떴다.

언제 웃었냐는 듯 눈매가 매서웠다.

"미친년 같았다는 거 돌려 말하는 거지?"

'귀신이다. 어떻게 알았지? 독심술이라도 익혔나······.'

"설마요."

                    *   *   *

새벽 2시가 넘었지만 창밖으로 보이는 서울의 밤은 불야성이었다.

창가의 불 몇 개만 켜진 이시스 바의 홀은 어두웠다.

시은은 창밖의 휘황한 야경을 바라보며 홀의 의자에 앉아 있었다.

그녀의 얼굴은 딱딱하게 굳어 있었다.

낙천적인 성격에 직업적 성향이 더해져 늘 미소가 떠나지 않던 그녀에게서 보기 힘든 무거움이었다.

홀에는 그녀만 있지 않았다.

고개를 절반쯤 숙인 채 조심스럽게 시은의 기색을 살피던 미성이 물었다.

"언니, 어떻게 할 생각이세요?"

"태룡과 연결된 자들이라······."

"풍백이 그렇게 파악했으니 확실하다고 봐야 할 거예

요."

"지휘하는 자는 찾지 못했대?"

"예."

미성은 입술을 깨물며 대답했다.

시은과 비교할 수는 없으나 어딜 가도 미녀 소리를 듣는 그녀다. 미인이면서도 편안한 분위기를 가진 여자는 흔치 않다. 그런데 미성이 그런 미인이었다.

지금 그런 그녀의 눈가엔 차가운 기운이 맺혀 있었고, 그것은 시간이 흘러도 사라지지 않았다.

그녀의 마음을 사로잡고 있는 분노와 살기가 그만큼 크다는 방증이었다.

미성이 말을 이었다.

"강남 일대에 태룡회 종자들이 개떼처럼 풀려서 혁이의 흔적을 쫓고 있어요. 99퍼센트는 허섭스레기 같은 자들이지만 그들 중 일부는 전문가들이에요. 풍백의 조직원들이 그들에게 꼬리를 잡힐 정도예요."

시은은 작게 고개를 끄덕였다.

"네 말이 맞아. 비록 두 명에 불과하지만 풍백의 조직원들이 상했으니까. 하지만 정말 믿기 어려워."

그녀의 미간에 가는 주름이 잡혔다.

"태룡회가 서울의 강남 일대를 장악한 거대 조직이라는 걸 감안해도 그들 중에 풍백의 꼬리를 역으로 잡을 만한 능력자가 있다는 건 이해가 가지 않아. 그것도 한 둘도 아니고 열 명 이상이. 그런 능력을 가진 자들이 일개 조폭 조직에 몸을 담고 있다… 믿어져?"

"저도 이해가 가지 않지만 지금 벌어지고 있는 일을 보면 그건 사실이잖아요."

"눈에 보이는 게 모두 사실은 아니지……."

중얼거리던 시은은 말끝을 흐렸다.

무언가 생각하는 듯 그녀는 천장에 시선을 고정시켰다.

1분가량이 지났을 때 그녀가 입을 열었다.

"백동주 일당의 뒤에 태룡회가 있다는 건 확인이 되었어, 혁이를 쫓는 자들 중 가장 위험한 자들이 그들이라는 것도. 하지만 그들이 혁이를 집요하게 쫓고 있는 건 혁이에게 백동주가 당해서이기 때문만은 아니야. 그들은, 무언가를 찾고 있어. 혁이가 그 단서를 갖고 있다고 믿고 있기 때문에 이만한 역량을 투입하고 있다고 봐야 해. 그리고 그들이 찾고 있는 건 이소영과 관련이 있어. 모든 타이밍과 정황이 그렇게 말하고 있어."

시은은 눈을 내려 미성을 보며 말을 이었다.

"하지만 이소영이 무엇 때문에 그 지경이 되었는지는 우리도 알지 못해. 내 잘못이야. 처음에 최정환의 의뢰를 접수했을 때 철저하게 사전조사를 했어야 했는데…

내가 일을 너무 쉽게 생각했어. 나도 모르는 사이 타성에 젖어 있었나 봐."

시은은 진심으로 반성하고 있었다.

"언니……."

미성은 어쩔 줄을 모르는 기색이 되었다.

그녀에게 시은은 우상과도 같은 여인이었다.

사내들이 미칠 듯 환호하는 외적인 아름다움은 시은에게 덤이나 다름없었다.

시은의 진정한 가치는 그 아름다움 이면에 있었다.

그녀는 현명하고 냉철했으며, 팔색조처럼 자신을 의지대로 컨트롤할 줄 알았다. 그 외의 장점도 일일이 열거하기 어려울 만큼 무수히 많았다.

그런 그녀가 미성의 앞에서 실수를 자인하고 있었다. 당황할 수밖에.

"미성아."

"예."

"풍백 팀장에게 전해, 철수하라고."

"예?"

놀란 미성의 목소리가 높아졌다.

"언니, 둘이나 상한 상황인데……."

"그래서 철수하라는 거야."

미성은 입술을 잘끈 깨물었다.

"전문가 그룹이 태룡에 있어 우리 사람이 상하긴 했지만 그건 정말 예상을 못했기 때문이라는 걸 언니도 아시잖아요? 태룡회 수뇌부를 궤멸시키는 게 오히려 낫지 않을까요? 머리 잃은 뱀은 위험하지 않으니까요. 저는 집행팀을 투입시키시는 게 어떨까 싶어요."

열기가 묻어나는 목소리였다.

하지만 시은은 일고의 가치도 없다는 듯 망설임 없이 고개를 저었다.

"풀을 건드려 뱀을 놀라게 하는 짓이야. 태룡회와 함께 손발을 맞춰 움직이며 풍백팀원 둘을 상하게 한 전문가들이 어떤 자들인지, 그들이 정말 태룡회의 조직원인지, 숫자가 몇 명인지조차 분명하게 드러나지 않은 지금 태룡회 수뇌부를 궤멸시키는 게 네 생각처럼 쉬울지도 알 수 없을뿐더러, 최악의 경우 오히려 역으로 우리가 당할 수도 있어. 그리고 우리가 그렇게 움직이면 아무리 철저하게 흔적을 지워도 지금처럼 안전하게 숨어 있기는 어려워질 거야. 득보다 실이 많아."

미성의 눈이 흔들렸다.

그녀는 고개를 숙였다.

"죄송해요. 제 생각이 짧았어요."

시은은 싱긋 웃었다.

"죄송할 것까진 없어. 저만한 역량을 지속적으로 하

나의 사안에 투입하는 건 태룡회라도 쉬운 일이 아니야. 물리적인 부담만 있는 게 아니니까. 강북의 상산을 비롯해 태룡회의 움직임에 관심을 가질 조직들이 하나둘이 아니잖아. 길어야 두세 달이야, 저들이 움직일 수 있는 시간적 여유는."

시은의 눈빛이 서늘해졌다.

"틈이 날 때까지만… 그때까지만 자중하면 돼. 그 뒤는, 알지?"

시은의 미소가 화사해졌다.

미성의 얼굴에도 미소가 떠올랐다.

하지만 두 여인 모두 눈은 웃고 있지 않았다.

"예, 언니."

"풍백팀에 모든 움직임을 멈추고 철수하라고 전해."

"알겠어요. 그럼 이소영 건도?"

"응. 저들이 혁이를 쫓고 있다는 건 우리 외에 단서가 없다는 뜻이잖아. 궁금하긴 하지만 이소영 건도 딜레이시키는 게 옳아."

"예."

시은은 자리에서 일어났다.

"자, 그럼 당분간 이시스도 문을 닫아야겠네, 그치?"

"예, 언니."

"어디로 간다… 그동안 못 갔던 여행이나 실컷 다닐

까……."

시은은 한가롭게 뒷짐을 지고 홀을 거닐었다.

그녀의 눈빛이 아련해졌다.

'혁이 본 지가 벌써 두 달이 다 되어가네. 야속해라. 한 번 올라오지도 않고…… 잘 지내니까 그런 것이겠지만. 조만간 대전에 내려가 봐야겠어.'

시은의 입가에 희미한 미소가 떠올랐다.

그 미소는 방금 전의 것과 달리 따스했다.

언제나 천년 풍상을 견딘 바위처럼 그녀의 옆을 지켜주던 이혁을 떠올리자 당면한 근심이 많이 덜해진 것이다.

제4장

"하하하하!"

유쾌한 웃음소리가 오래된 한옥의 담장을 가볍게 넘
었다.

흰 티셔츠의 소매를 팔꿈치까지 걷어 젖힌 훤칠한 청
년은 자신의 어깨에 올라탄 소년의 종아리를 꽉 잡고 넓
은 마당을 빙글빙글 돌았다.

"둘째 형, 무서워요⋯⋯!"

초등학교 1, 2학년 정도밖에 되어 보이지 않는 소년
은 다리로 청년의 목을 감고 손으로는 그의 이마를 꽉
안고 있었다. 눈을 질끈 감고 있는 것이 정말 무서운 듯
했다.

"사내놈이 이 정도에 겁을 먹어서야 어디다 써 먹을까. 막내야, 나중에 네가 사랑하는 여자를 지킬 수 있는 사내가 되려면 겁 같은 건 저 멀리 던져 버려야 한다!"

청년의 목소리는 맑고 밝았다.

청년과 소년으로부터 3미터가량 떨어진 곳에서 장난치는 두 사람을 지켜보던 젊은 사내의 입가에 흐뭇한 미소가 번졌다.

"둘째야, 그러다 막내 멀미하겠다. 적당히 해라."

"큰형, 이놈은 겁이 너무 많아요. 목말 정도에 겁을 먹다니! 이씨 집안 역사에 이런 놈은 없었다고요!"

"힝! 둘째 형, 그래도 무서운 걸……."

"하하하하하!"

"하하하하!"

아이의 칭얼거림을 들은 두 청년의 입에서 상쾌한 웃음이 터졌다.

이혁의 눈가에 한 줄기 굵은 눈물이 흘렀다.

'이건 꿈이야.'

꿈이라는 것을 분명하게 인지하고 있는데도 흐르는 눈물을 거둘 수가 없었다.

이혁은 이를 악물었다.

꿈에서 깨어나야 했다.

행복했던, 그래서 더욱 참담할 수밖에 없는 그 시절의
꿈에서.

그때 난데없이 들려온 한마디가 가위 눌린 것과 같은
상태에 놓여 있던 그를 구해주었다.

"흠흠, 고맙다."

이혁의 정신이 현실로 돌아왔다.

그가 연습장으로 얼굴을 덮고 누워 있는 곳은 운동장
구석의 벤치였다.

이곳은 그의 점심시간용 고정좌석이라고 전 학년에
소문이 나서 얼마 전부터는 아무도 찾지 않아 버려지다
시피 한 장소가 되었다.

연습장을 내리고 올려다본 그의 눈에 남영주가 들어
왔다.

남영주는 언제 봐도 잘생긴 그 얼굴에 어색한 표정을
지으며 허공에 시선을 두고 있었다.

다행히 남영주는 다른 곳을 보느라 혁의 얼굴 표정을
보지 못했다.

혁의 감정이 빠르게 현실로 돌아왔다.

그는 눈을 껌벅였다.

'이 자식 뭐야? 자는 사람 깨워놓고서는 첫사랑 고백
이라도 하는 범생이처럼 딴청 부리고 있네?'

그가 물었다.

"뭐가?"

"어제 버스에서의 일… 좀 전에 알았다."

"버스? 아 그거! 별거 아니었어."

"칼을 든 놈도 있었다고 들었다."

"요만한 거였다."

이혁은 검지손가락을 들어 마디 하나를 짚어 보이고
는 다시 연습장으로 얼굴을 가려 버렸다.

그러거나 말거나 남영주는 혼잣말처럼 중얼거렸다.

"내가 그 자리에 있었어야 했는데……."

아쉬움이 넘치는 말투였다.

그도 그럴 것이 지윤에게 얼마나 멋있게 보였을 것인
가.

백마 탄 왕자가 따로 없을 상황이었다.

'그랬으면 나도 더 바랄 게 없었겠다. 이 형사하고 마
주칠 일도 없었을 것이고.'

연습장으로 가려진 이혁의 굵은 눈썹이 꿈틀거렸다.

어제저녁 하숙집에서 벌어졌던 일련의 일들을 생각하
면 지금도 어제 아침 버스에서 왜 나섰는지 후회가 막급
할 뿐이었다.

오 여사는 그를 끌어안으며 고마워하고, 지수는 변태
가 변태를 잡았다며 놀려대고, 지윤은 딱딱하게 굳은 얼
굴로 뭔가 억울해(?)하며 지금까지의 스탠스를 유지할

것인지 태도를 바꿀 것인지로 고민하며 그를 째려보고……

이혁은 혀를 찼다.

'빌어먹을… 이지……. 내가 나서지 않았어도 이 형사가 잡았을 놈들인데. 덕분에 이 형사에게 더블로 코가 꿰였다.'

버스에서 그가 보여준 솜씨는 고교생의 깃이라고는 믿기지 않는 것이었다.

이수하도 그것에 주목하고 있는 기색이었는데, 조금만 더 그녀의 관심이 발전하면 그에 대해 알아보려 할 수도 있었다.

시은이 손을 쓴 터라 허점은 없겠지만 혹시 모르는 일이었다.

이수하가 그의 뒤를 캐다가 이상한 점이라도 발견한다면 그의 학교생활은 엉킨 실타래 꼴이 될 것이다.

'이 생활도 적응이 되니까 꽤 재미있는데 말이야…….'

형들이 비명에 간 후 정붙일 데가 없어 엉망이 되었던 그의 생활이 조금씩 평범함에 적응되어 가고 있는 중이었다.

지금 그의 머리맡에서 아쉬움에 입술을 떠는 남영주, 끝도 없이 그를 귀찮게 하는 채현이, 슬금슬금 눈치를 보면서도 계속 다가서는 장덕성, 그의 앞에서는 언제나 주눅 든 모습이지만 다른 학생들 앞에서는 어깨를 휘젓는 이상우와 그 일당, 하숙집 오 여사와 그 두 딸… 변태자식과 그의 어울리지 않는 조폭 형, 사이코패스 이수하와 능구렁이 담임 김성호, 바늘을 잡은 그만 보면 환호하는 퀼트프랜즈의 여학생들… 그 외에도 많은 사람들이 그와 이리저리 얽혀 있었다.

생각에 잠긴 그의 눈가에 그늘이 졌다.

'……난 이들의 삶과 너무 멀리 떨어진 곳까지 갔다……. 돌아갈 수 있을까…….'

그는 자신할 수 없었다.

'형들의 죽음에 얽힌 비밀을 풀지 못하는 한 나는 돌아갈 수 없다. 돌아가고 싶지도 않고.'

연습장으로 가려진 그의 그늘이 떠올랐던 얼굴은 평소처럼 표정 없는 얼굴로 돌아가 있었다.

갑작스레 찾아들었던 감상에서 벗어난 것이다.

하지만 그 찰나의 감상이 자신의 가슴을 따뜻하게 했다는 것을 그는 미처 의식하지 못했다.

자리에서 일어난 남영주가 이혁을 내려다보며 말했다.

"네가 오 여사님 댁에 하숙한다는 게 이렇게 고마우리라고는 생각지 못했다."

"졸려. 그만 꺼져 주라."

이혁은 팔뚝에 돋은 닭살을 긁으며 말했다.

남영주는 어깨를 으쓱하며 피식 웃었다.

사비고에서 그에게 이렇게 막말하는 사람이 이혁 외에 또 누가 있을까.

'이 자식의 막말도 자꾸 들으니까 정이 들려고 하네.'

남영주는 웃음기가 남은 얼굴로 말했다.

"그래 자라. 누가 감히 네 잠을 깨우겠냐."

'채현이 빼고.'

바람에 머리카락을 날리며 몇 걸음 내딛은 남영주가 문득 생각난 것처럼 걸음을 멈추더니 물었다.

"그런데 퀼트프랜즈 생활은 어떠냐? 10년 동안 바느질한 혜정이 얘기 들어보니 네 바느질 솜씨가 개도 따라가지 못하는 명인 수준이라던데?"

묻던 남영주는 기겁을 하고 내달리기 시작했다.

"안 꺼질래?"

안색이 퍼렇게 일그러진 이혁이 벌떡 일어나더니 연습장을 집어 던졌기 때문이다.

"간다, 가. 으하하하하!"

이를 가는 이혁의 어깨 위로 남영주의 호탕한 웃음이 내려앉았다.

'장난을 너무 받아주었나……'

골목을 벗어나던 이혁의 눈에 언뜻 차가운 빛이 스쳐 지나갔다.

30여 미터 앞에 보이는 하숙집 그의 방에 불이 켜져 있었다.

창밖으로 사람의 실루엣도 보인다.

대전에 온 후로 그는 여러 사람과 얽히고 있었지만 그것은 그가 사람들의 접근을 막지 않았기 때문에 가능했다.

그가 접근을 불허했다면 누구도 그에게 접근하지 못했을 것이다.

그처럼 물이 흘러가듯 대전에서 일어나는 인연과 사건을 내버려 두고 있는 그였지만 완전히 그의 개인적인 공간이라 할 수 있는 방에 침입하는 자까지 내버려 둘 수는 없었다, 들어간 자가 누가 되었든.

그의 방 열쇠를 가진 사람은 하숙집 주인 오정희 여사와 그뿐이다.

그가 아직 귀가하지 않았으니 방에 들어갈 수 있는 사람은 오정희밖에 없다. 하지만 그녀는 방에 들어올 때는 꼭 노크를 하고 그의 허락을 받은 후에야 들어온다.

방에 있을 때는 방해받기 싫어하는 그의 성격을 그녀도 파악했기 때문이다.

오정희가 아니라면 가능성 있는 사람은 지윤과 지수다.

그녀들이 마음만 먹으면 이혁의 방 열쇠를 구하는 것은 여반장이었다.

'지윤이… 지수… 누구지? 지순가?'

딱히 두 사람 중에 누가 그의 방에 들어갔을 지 쉽게 짐작이 가지 않았다.

그녀들은 그의 방을 무단침입할 만큼 그에게 적극적인 관심을 갖고 있지 않다. 게다가 특별한 일이 없는 한 새벽 1시까지 학원에 다니는 지윤이는 집에 있을 시간이 아니다. 그리고 지수도 그를 무슨 짓을 해도 다 받아주는 상대하기 편한(?) 오빠 정도로 여길 뿐이다. 해서 그나마 가능성이 있는 사람은 지수라고 할 수 있었지만.

'그녀들이 아니라면 누가?'

이혁은 미간을 찌푸렸다.

대전의 그에게 관심을 갖고 그의 방을 뒤질 만한 사람은 없었다.

그는 조용히(?) 살고 있었으니까.

그는 고개를 저었다.

어차피 생각만으로는 풀릴 의문이 아니다.

'낚아챌까?'

창밖으로 비치는 실루엣은 나타났다 사라졌다 했는데 방 안을 서성이는 듯했다. 그리고 그 움직임에는 전혀 긴장감이 느껴지지 않았다.

그것은 실루엣의 주인이 누군가에게 들키는 것을 전혀 염두에 두고 있지 않다는 뜻이었다.

도망갈 생각이 없는 자의 뒷덜미를 잡아채는 것은 괜한 짓이다.

이혁은 고개를 저으며 걸음을 옮겼다.

초인종을 누르자 기다렸다는 듯 대문이 덜컹 소리를 내며 열렸다.

대문 안으로 성큼성큼 들어선 그는 현관문을 열고 나오는 오정희를 볼 수 있었다.

"혁이 학생, 오늘 좀 늦었네?"

이혁은 채현이에게 잡혀서 바느질하느라고 평소보다 한 시간 정도 늦었다. 하지만 오정희에게 그런 것을 미주알고주알 얘기할 필요는 없었다. 그런 적도 없었고.

그는 내심 혀를 차고는 오정희에게 물었다.

"오 여사님, 제 방에 있는 사람 누굽니까?"

활짝 웃으며 그를 보던 오정희는 잠시 어리둥절한 표정이었다.

이혁의 어투는 감정을 느끼기 어려운 평소와 달리 많이 굳어 있어서 지금 그의 기분이 꽤 상한 상태라는 것을 금방 알 수 있었다.

오정희의 눈이 초승달처럼 휘어졌다.

어리둥절하던 기색은 사라졌고 그녀는 무엇이 그리

재미있는 듯 큰 소리로 웃음을 터트렸다.

"호호호호, 연락을 받지 못했구나!"

이번에는 이혁이 어리둥절한 얼굴이 되었다.

'연락? 무슨 연락?'

"저녁은 먹었어?"

"아직요."

"잘됐네. 들어와. 곧 내려온다고 했으니까 저녁 먹으면서 기다리면 돼."

"누군데요?"

이혁의 어투도 많이 누그러졌다.

그의 방에 있는 사람이 누군지 알면 그도 반가워할 거라는 확신이 느껴지는 오정희의 분위기 때문이었다.

오정희의 눈이 다시 초승달이 되었다.

"급하기는. 기다리면 어련히 알게 될 걸."

이혁은 입맛을 다시며 안으로 들어가는 오정희의 뒤를 따랐다.

거실에는 지수가 흰색 트레이닝 차림으로 소파에 다리를 꼬고 앉아 티비를 보고 있었다.

며칠 동안 감기몸살을 심하게 앓다가 나은 지 이제 이틀밖에 지나지 않은 터라 지수는 아직 핼쑥해 보였다.

그녀는 티비에서 시선도 떼지 않은 채 말했다.

"변태오빠 왔어?"

"그래, 왔다."

이혁은 지수의 옆에 털썩 엉덩이를 붙이며 그녀의 머리를 긴 손가락으로 흐트러뜨렸다.

자신의 방에 있는 사람이 지수가 아니라는 게 확실해지자 그는 마음이 편해졌다.

귀찮다는 듯 지수가 머리를 흔들더니 리모컨을 들어 이혁의 어깨를 한 대 후려쳤다.

퍽.

"숙녀의 머리를 만날 그렇게 헝클어뜨리면 어떡해!"

"숙녀는 무슨……."

리모컨으로 얻어맞은 어깨를 슬슬 만지며 말하던 이혁은 흡 소리를 내며 입을 닫고 슬쩍 지수의 눈치를 보았다.

뒤에 개뿔 소리를 붙일 뻔했다.

그를 놀리는 재미로 사는 지수가 삐치면 무슨 짓을 할지 모르는 것이다.

주방에서 이혁의 식사 준비를 마친 오정희가 손짓으로 그를 불렀다.

그가 막 한 숟가락을 떴을 때 초인종이 울렸고 잠시 후 지윤이 피곤한 빛이 역력한 얼굴로 들어섰다.

식탁에 앉아 있는 이혁을 본 그녀는 움찔한 기색이더니 곧 오정희에게 물었다.

"오셨어?"

보기 드물게 밝은 음성이다.

오정희가 웃으며 고개를 끄덕였다. 그리고 지윤에게
물었다.

"응, 지금 2층에 있다. 곧 내려올 거야. 뭐 좀 먹을
래?"

"아니."

지윤은 고개를 젓고는 급한 걸음으로 자기 방으로 갔
다. 그러고는 곧 다시 나왔는데 즐겨 입는 회색 트레이
닝 차림이었다.

이혁은 모녀들의 분위기를 보면서 불안을 느꼈다.

'설마……'

하지만 설마하며 2층에 있는 사람의 정체를 추측하던
그는 그 설마가 현실이 되는 것을 보아야 했다.

듣는 이의 전신을 시원하게 만드는 음성이 그의 귀를
울렸던 것이다.

"혁아, 대전에 와서 취미가 독특하게 변했다며? 확실
히 세상은 오래 살아봐야 된다는 어른들 말씀이 하나도
틀리지 않아. 혁이가 변태가 되었다는 말을 듣게 될 줄
은 생각도 못해봤어!"

현관 앞이 환해졌다.

빙글거리며 현관을 들어서는 푸른색 반팔티와 흰색

반바지 차림의 눈부신 미인, 시은 때문이었다.

이혁을 향한 그녀의 얼굴은 홍조가 가득했는데 잘근 잘근 입술을 깨무는 게 억지로 웃음을 참는 모양새였다.

"커커컥."

막 목을 넘어가려던 밥이 식도에 걸린 이혁의 안색이 하얗게 변했다.

가슴을 두드리며 간신히 밥을 넘긴 그는 지수를 한번 노려보고는 시은을 향해 말했다.

"웬일이야?"

"너 보고 싶어서 왔지."

반가워하는 지윤에게 팔을 잡힌 채 소파로 끌려가던 시은이 대답했다.

"가게는 어쩌고?"

"문 닫았어."

이혁의 안색이 보일 듯 말 듯 살짝 변했다.

이시스는 시은의 핵심 거점이었다. 그가 아는 한 지금 까지 이시스가 문을 닫은 경우는 한 번도 없었다. 하지 만 이곳에서 궁금증을 풀 수는 없는 일이다.

"단골들이 찾을 텐데?"

"언제 돌아올까 궁금해하며 더 자주 올 거야. 내가 보 고 싶어 앓아눕는 인간들도 많이 생기겠지."

"망하기 딱 좋군."

"하하하, 대전에 오더니 변하긴 변했네. 감히… 그런 말을 입에 올리고 말이야."

시은이 눈을 크게 뜨고 노려보자 이혁은 한숨을 내쉬며 숟가락을 들었다. 그리고는 무서운 속도로 밥을 먹고는 벌떡 일어났다.

더 말해봤자 본전 찾기도 힘들었고, 그의 방에는 시은이 보아서는 안 되는 물건도 있었다.

시은이 2층으로 올라온 건 30분 정도가 지난 후였다.

벽에 등을 기대고 늘어져 있던 이혁은 난감해하는 얼굴로 시은을 보았다.

"봤어?"

시은이 피식 웃으며 오른손을 들었다.

그녀의 손에 들린 디카에 이혁은 어깨를 떨어뜨렸다.

그날 이후 책상 위에 방치해 두었던 그의 잘못이다.

시은은 이혁과 나란히 벽에 등을 기대고 앉았다.

"대전에 오더니 취미가 다양해졌던데? 하나같이 몸매가 좋아. 내가 예상했던 네 취향과는 좀 거리가 있긴 하지만."

짓궂은 목소리였다.

이혁은 심드렁한 어투로 말을 받았다.

"신나셨네요, 아줌마."

"어디서 났어?"

호기심이 묻어나는 질문.

앞서 한 말과 달리 시은은 디카가 이혁의 물건이라고는 전혀 생각하지 않는 기색이었다.

"관음증 환자 놈 하나 줘패고 얻은 거야."

이혁은 어깨를 으쓱하며 대답했다.

"저쪽 빌라 2층에서 지윤이 샤워하려던 걸 지켜보던 녀석을 잡았구나."

"벌써 얘기 들었어?"

"지수한테서."

"온 지도 얼마 안 되면서 별 얘기를 다 들었군."

시은은 이혁의 어깨에 머리를 기대고 눈을 반짝이며 물었다.

"지윤이는 긴가 민가 하면서도 오해가 꽤 깊던데, 안 풀 거야? 지금이 기회이지 않아? 내색은 하지 않아도 며칠 전에 버스에서 있었다는 그 일로 네게 무척 고마워하던데?"

"그게… 나도… 보긴 봤거든……."

시은의 입가에 미소가 떠올랐다.

이혁은 가끔 이해하기 힘들 정도로 단순하고 고지식한 면을 보여줄 때가 있었다.

"지윤이 몸매도 괜찮지?"

이혁은 눈살을 찌푸렸다.

"내 스타일 아니야."

"호호호, 대전에 오더니 눈도 높아진 거야?"

어깨에 기댄 시은의 머리를 손끝으로 밀어 떼어낸 이혁이 혀를 차며 물었다.

"이시스 문까지 닫고. 무슨 일 있는 거야? 갑자기 여기까지 내려와서 쓸데없는 소리나 하고?"

시은의 눈빛이 가라앉았다.

"귀찮은 애들이 자꾸 쫓아다녀서."

"누군데?"

"네가 알 필요는 없어. 너는 휴가 중이잖아."

시은은 입을 다물었다.

이혁의 눈빛이 강해졌다. 그러나 그도 더는 시은을 추궁하지는 않았다.

그는 시은을 믿었다.

그가 알아야 할 일이라면 언젠가는 말해줄 터였다.

"언제 올라갈 거야?"

"왜? 빨리 보내고 싶어?"

"누나가 옆에 있으면 신경 쓰여."

"호오~ 신경씩이나 쓰인다고? 정말?"

이혁은 얼굴을 찡그렸다.

웃음기 가득한 눈으로 그를 보는 시은의 기색이 심상

치 않았다.

"며칠이나 있으려고?"

"글쎄… 올라가고 싶을 때까지라고 대답해야 할까
나……."

시은의 가벼운 대답을 들은 이혁이 벽에 쿵 소리가 날
정도로 세게 뒷머리를 박았다.

그가 말했다.

"될 수 있으면 빨리 올라가는 게 나를 돕는 일이라는
거 알지, 누나?"

"몰라."

시은은 간단하게 고개를 저으며 대답했다.

이혁은 이를 갈며 시은을 노려보았다. 하지만 시은이
누군가. 그녀는 끄떡도 하지 않았다.

"네가 공부할 리는 없고… 나 먼저 잘게. 먼 길 와서
그런가, 피곤하네."

시은이 말을 하며 방구석에 놓인 비키니장롱에서 이
불을 꺼내어 바닥에 까는 것을 본 이혁의 얼굴이 사색이
되었다.

"누나, 왜 이불을 깔아?"

"응? 나 이 방에서 너랑 함께 지낼 거야. 언니가 얘
기 안 했어?"

이혁은 멍한 얼굴이 되었다.

"누나… 나랑 한 방에서 지낸다고?"

그의 방은 네 평 정도였다.

책상과 비키니장롱 자리를 빼면 두 평도 안 되고.

두 사람이 누우면 방이 꽉 찰 것이다.

시은은 오히려 이상하다는 듯 이혁을 보며 대답했다.

"그~ 럼. 방값 아껴야지. 오 여사님 은근히 짜. 따로 방 쓰면 방값 받는다 그랬단 말이야."

이혁은 다급한 손길로 이불 한쪽을 잡아 이불이 펼쳐지는 것을 막으며 시은의 말을 받았다.

"방값 내가 낼게!"

"돈 아껴야지. 학생이 무슨 돈이 있다고!"

그의 재산상황을 누구보다 잘 아는 사람이 시은이었다.

그런 시은이 저런 식으로 말한다는 건 아주 작정을 하고 있다는 뜻.

이불 끝을 잡고 있던 이혁의 손에서 힘이 빠져나갔다.

막 잠이 들려던 이혁의 몸이 움찔했다.

앞자리에 누워 있던 시은이 그의 이불 속으로 파고들어 왔기 때문이다.

서슴없는 움직임이다.

시은의 입술이 이혁의 목에 닿았다. 그리고 그녀의 손

이 이혁의 가슴을 안았다.

"왜 그래, 누나? 무슨 일 있어?"

처음 있는 일이라 이혁은 당황했다.

서울에서 함께 살 때도 장난이 심한 시은이었지만 지금처럼 그의 침대에 파고든 적은 없었다.

시은의 고무공처럼 탄력 있고, 젤리처럼 부드러운 몸과 닿은 몸이 용광로처럼 달아올랐다.

이혁의 마음과는 상관없이 일어난 반응이었다.

시은을 가족처럼 여기는 그였지만 시은과 그는 피 한 방울 섞이지 않았다.

게다가 그는 피가 끓는 열아홉이 아닌가.

마음이야 어떻든 시은과 같은 미인의 직접적인 자극에 대한 그의 반응은 자연스러운 것이었다.

"이대로 있어줄래……?"

시은의 음성은 귀를 기울여야 간신히 들릴 만큼 작았다.

달아올랐던 이혁의 몸이 싸늘하게 식어갔다.

시은은 울고 있었다.

그녀의 눈물이 닿은 그의 목이 축축하게 젖어들었다.

이혁은 말없이 팔을 돌려 시은의 어깨를 안아 강하게 자신에게로 끌어당겼다.

차가워진 몸과는 반대로 가슴이 들끓어올랐다.

시은을 알게 된 후로 그는 시은이 우는 모습을 본 적이 없었다.

그녀는 세상 누구보다도 강한 마음을 가진 여인이었다.

그런 시은을 울게 만든 그 무엇에 대한 맹렬한 적의가 불길처럼 그의 심장을 태웠다.

5분쯤 지났을까.

이혁은 시은의 숨결과 맥박이 깊고 느리게 변한 것을 알았다.

잠든 것이다.

조심스럽게 그녀의 어깨를 끌어 품에 안는 이혁의 손에 힘이 들어갔다.

'지켜줄게. 무슨 일이 있어도… 그 어떤 상대에게라도……'

잠시 후 이혁의 숨결도 깊고 규칙적으로 변했다.

제5장

4시가 넘어서 피부에 와 닿는 햇살도 열기가 많이 사그라진 오후.

유성구의 외곽에 있는 주택가 뒤편의 야산 공터는 교복 차림의 건장한 사내들에 의해 점령당했다.

"이제 반년밖에 남지 않았다. 영주를 이대로 졸업시킬 거냐?"

김준범의 날 선 음성이 공터를 울렸다.

키는 180이 조금 안 되지만 여자처럼 선이 가는 얼굴과 크고 약간 처진 눈매, 그리고 운동으로 단련된 늘씬하고 탄탄한 몸매와 하얀 피부 덕분에 그는 누구에게나 호감을 살 만한 외모를 갖고 있었지만 아는 사람은 안다, 그가 얼마나 잔인한 성격인지.

김준범을 중심으로 둘러앉은 10여 명의 학생은 한결같이 눈살을 찌푸렸다.

성인들이 꺼려할 정도의 덩치와 분위기를 가진 그들은 준범의 입에서 나온 이름에 기분이 상했다는 표정들이었다.

김준범의 번들거리는 눈빛이 그런 학생들의 얼굴을 훑었다.

"그 새끼를 진짜 멀쩡하게 졸업시켜 줄 거냐고 묻잖아!"

거친 말투에서는 질투와 분노가 짙게 배어 나왔다.

권도준이 다른 학생들보다 배는 큰 덩치를 좌우로 흔들거리면서 김준범의 말을 받았다.

"준범아, 벌써 잊은 거냐? 작년에 우리가 영주를 두 번이나 밟았다는 걸. 밟아도 변함이 없는 놈을 어떡하라는 거냐? 나도 그놈이 눈에 거슬려서 그놈만 떠오르면 자다가도 벌떡 일어난다. 하지만 죽여 버릴 수도 없는데 어떡하냐구."

혀를 차며 말하는 그의 어투는 느릿느릿했다.

박경훈이 권도준의 말에 동의한다는 뜻으로 고개를 끄덕이며 거들었다.

"준범아, 네가 오늘 우리 전부를 보자고 한 게 영주

때문이었냐? 나도 마찬가지니까 네 기분이야 잘 안다. 그래도 그놈은 그냥 없는 셈치고 잊어버리기로 했잖아? 우리가 힘을 합친다면 일레븐을 박살 내는 건 어렵지 않게 할 수는 있겠지. 하지만 그놈을 아주 험하게 다룰 수 없다는 걸 누구보다 네가 더 잘 알면서 이제 와서 왜 그래?"

짜증스러워하는 기색이 역력한 어투였다.

"도준이나 경훈이가 한 말이 영주에 대해서 지금까지 우리가 취해왔던 암묵적인 합의였어. 누구보다 준범이도 그걸 잘 알고 있고. 그런데도 오늘 영주에 대해 얘기를 꺼낸 건 생각이 있어서일 거야. 말을 들어나 보자. 준범아, 무슨 생각이라도 있는 거냐?"

박경훈의 말을 받은 건 방찬일이었다.

그는 일말의 기대를 담은 눈으로 김준범을 보고 있었다.

김준범과 초등학교와 중학교를 같이 다닌 그는 눈 밖에 난 자는 반드시 끝을 보고야 마는 준범의 성격을 잘 알고 있었다. 그래서 그는 김준범이 주변의 상황 때문에 남영주를 내버려 두고는 있어도 졸업하기 전에 어떤 식으로든 움직일 거라고 생각했었다.

방찬일의 말에 각자가 다니고 있는 고등학교를 장악한 속칭 일진 짱들인 열네 명의 학생은 일제히 김준범을 보았다.

그들은 대전의 고등학교 일진 짱들의 모임인 '티엔티' 의 회원들이었다.

외부에 알려지기로 '티엔티' 는 수평적인 고교연합이 었지만 회원인 학생들은 김준범을 리더로 인정하고 있었다.

그는 10여 년간 익힌 쿵푸 솜씨도 발군이었고, 치밀한 기획력과 그것을 실행에 옮길 때는 남녀노소를 가리지 않고 잔인하게 손을 쓰는 냉혹한 성격의 소유자였다.

집단을 이룬 곳에서는 잔인한 것도 일종의 카리스마가 된다.

방찬일에게 가볍게 한번 윙크를 한 김준범이 회원들을 돌아보며 입을 열었다.

"모두 알다시피 우리가 영주를 손대지 못한 건 형님들이 일을 크게 만드는 걸 원치 않으셨기 때문이다. 영주 자식은 그걸 자기가 잘난 때문이라고 생각하고 있지만 말이다. 개자식… 형님들의 함구령만 아니었으면 벌써 소문내서 개망신을 줬을 텐데……."

남영주의 이름을 입에 올릴 때마다 김준범의 눈에는 살기에 가까운 빛이 떠올랐다.

복잡한 감정의 앙금이 늪처럼 가라앉아 있는 살기였다.

그가 말을 이었다.

"영주로 인해 우리의 위상이 얼마나 실추되었는가는 말하지 않아도 잘 알고들 있겠지? 그 자식은 사람들이 우리를 쓰레기 양아치로 여기도록 만들었다. 이대로 그 놈이 온전하게 졸업해 버리면 우리는 사람들의 기억 속에 쓰레기 양아치로 남게 되는 거야. 난 절대로 그렇게 되도록 내버려 둘 수 없다고 생각한다. 동의하나?"

학생들은 한 사람의 예외 없이 일제히 고개를 끄덕였다.

그들의 눈에도 김준범의 눈에 보이는 것과 비슷한 분노와 증오가 떠올라 있었다.

일반인들이 어떻게 평가하든 학생들 사이에서 남영주는 누구도 넘볼 수 없는 영웅이었다. 그리고 대전의 학생들은 그를 어떤 연예인도 따를 수 없는 진정한 스타로 여겼다.

오죽하면 중학교와 고등학교 저학년 남학생들 절대다수가 남영주 스타일로 머리를 기르고 다닐까.

학생들에게 남영주는 우상이나 다름없었다.

권도준이 물었다.

"마음이 같은 거야 어제오늘 일이 아니잖아? 문제는 영주를 어떻게 하기가 곤란하다는 거였지. 네가 길게 얘기를 하는 걸 보니까 방법을 강구해 둔 거 같은데 그거나 말해봐라. 영주 새끼 이름을 들을 때마다 속이 좋지 않아."

김준범은 피식 웃었다.

권도준의 심정이 그의 심정이었으니까.

"형님들이 허락하지 않아서 우리가 그 새끼를 조지기는 어렵다. 하지만 대전에 적을 두고 있지 않은 사람이 영주에게 손을 쓴다면 형님들도 무어라 하지는 않으실 거야."

"청부를 하자는 거냐?"

방찬일이다.

김준범은 고개를 끄덕였다.

고개를 갸웃하며 듣고 있던 권도준이 뒷머리를 긁적이며 물었다.

"외부인에게 청부를 하는 건 예전에도 한번 논의가 되었던 적이 있지 않아? 그리고 그걸 포기했던 건 누군지는 몰라도 형님들도 꺼려하는 사람이 영주의 뒤에 있기 때문이었어. 영주를 처리할 수 있다 해도 그가 전문청부업자라면 우리가 감당할 수 없을 정도로 문제가 커진다. 네가 잊었을 리는 없고…… 그런 위험을 감수하고 청부를 수락하겠단 적당한 사람이라도 찾은 거냐?"

덩치에 어울리지 않게 권도준의 말은 날카로웠다.

김준범은 혀를 내밀어 붉은 입술을 축였다.

권도준과 마주친 그의 눈빛은 얼음처럼 찼다.

"전문청부업자라면 네 말처럼 된다. 하지만 우리 또
래 외부 학생과의 시비에서 영주가 당한다면 문제는 해
결되지. 흐흐흐…… 서울에 선을 댔다. 어차피 졸업하면
서울로 진출할 생각이라 그곳에 있는 우리 또래들 중에
특출난 녀석과 인연을 만들 생각으로 조사를 좀 했는데
운이 좋았다."

학생들의 눈이 커졌다.

주먹으로 먹고살 생각을 가진 자라면 누구나 서울로
의 진출을 꿈꾼다. 하지만 서울은 전국에서 주먹에 자신
있다고 하는 자들이 전부 모이는 곳이라 그곳에 진출하
는 건 생각처럼 쉬운 일이 아니다.

대부분의 지방출신 주먹들은 지역에서 고만고만한 건
달 노릇하다가 세월 속에 망가진 중년이 된다.

지방 건달이 서울에 진출하는 건 여러 가지 길이 있지
만 대표적으로는 두 가지를 꼽을 수 있다.

하나는 그 지역을 장악하고 전국구로 인정받아 서울
에 있는 조직과 인연을 맺는 것이고, 다른 하나는 어렸
을 때부터 서울에 있는 조직 안에서 크는 것이다.

김준범은 후자를 택했고, 그 길을 모색하다가 영주를
처리할 방법(?)을 찾을 수 있었다.

학생들의 숨결이 조금씩 거칠어졌다.

가슴에 묻어두었던 분노를 풀 가능성이 눈앞에 보이기 시작한 것이다.

커다란 덩치를 좌우로 흔들흔들하며 앉아 있던 권도준의 허리도 꼿꼿해졌고, 박경훈의 짜증스러워하던 기색도 흔적도 없이 사라졌다.

박경훈이 물었다.

"실력은?"

'티엔티'에 소속된 학생들 중 일대일로 남영주를 이길 수 있는 사람은 없었다.

그만한 솜씨를 가진 사람이 있었다면 남영주는 작년에 침묵 당했을 것이다.

"영주를 아웃시키기에 충분한 실력이야."

김준범의 말에 학생들의 흥분은 정도를 높였다.

이번에는 방찬일이 물었다.

"한 명으로 될까?"

"셋이야."

"셋? 다행이네."

"그리고 그들 개개인의 실력이 영주보다 윗길이다."

안심한 기색으로 방찬일이 물었다.

"그 정도 실력이라면 서울에서도 꽤 이름이 있는 녀석들일 텐데… 영주가 당하면 그 배후에 있는 사람이 의심할 거야. 대책은 있어?"

김준범의 하얀 얼굴에 음산한 미소가 스쳐 지나갔다.

그는 번들거리는 눈을 빛내며 대답했다.

"영주를 먼저 치진 않는다. 그놈이 나설 수밖에 없는 상황을 만들고 시비를 당해 반격하는 형태로 일을 꾸밀 거다."

학생들은 혼란스러워하는 얼굴이 되었다.

그들은 남영주가 나설 수밖에 없는 상황이 뭐가 있을까 궁금해하는 빛이 완연했다.

권도준이 물었다.

"어떻게?"

"소를 잡으면 주인이 나서는 법이지."

자신만만한 김준범의 대답.

그 말에 담긴 의미를 가장 먼저 알아차린 사람은 방천일이었다.

"소? 영주 똘마니 황소 이상우?"

김준범은 고개를 끄덕였다.

"흐흐흐. 자신이 정한 후계자 이상우를 공개리에 뭉개 버리면 영주는 나설 수밖에 없다. 상우를 박살 낸 상대를 그냥 방치한다면 영주가 졸업한 후 사비고는 우리 후배들의 밥이 될 테니까. 영주가 나서는 그때 그 새끼를 아웃시키면 된다."

박경훈이 흥분으로 바짝 마른 입술을 축이며 물었다.

"얼마나?"

"눈알을 하나 빼든지 뼈를 몇 군데 부러뜨려 놓을 거다. 영주는 졸업할 때까지 병원 신세를 져야 할 거야. 평생 병신으로 살면 그보다 더 좋은 일은 없을 것이고."

스산한 음성.

방천일이 박경훈의 뒤를 이어 물었다.

"우리는 쩐만 대면 되는 거냐?"

"그 정도만 하려고 내가 너희들을 불렀겠냐! 쩐은 나 혼자서도 충분히 댈 수 있어. 내가 너희들을 부른 건 우리가 청부를 수락한 친구가 실수하지 않도록 지원해야 하기 때문이야. 실수가 있으면 여파가 어디에까지 미칠지 모르는 일이다. 걔들은 서울 토박이라 대전을 모르니까. 일이 끝날 때까지는 모두 긴장해 주었으면 한다. 이번에는 반드시 영주를… 아웃시킨다."

잇새로 뱉어내는 김준범의 음성은 자신감으로 가득 차 있었다.

공터는 서서히 하지만 뜨겁게 달아올랐다.

남영주의 반대편에 있었기에 지난 1년 반 동안 그들은 자신들의 주변을 유령처럼 떠도는 모멸에 가득 찬 시선을 감수해야만 했다. 그리고 그 시선들이 그들의 마음에 가한 상처의 깊이는 다른 사람이 상상할 수 없을 정도로 깊고 넓었다.

*　　　*　　　*

"언니, 아무리 사촌이래도 변태오빠와 같은 방에서 지내는데 괜찮아요?"

지수의 큰 눈이 호기심을 담고 시은을 향했다.

시은은 간신히 웃음을 참으며 옆에 앉은 이혁을 돌아보았다.

이혁은 사과와 함께 포크를 씹어 먹으려 하고 있었다.

어린 여자애가 면전에 대고 저런 말을 하는 데도 참는 걸 보면 대전에 내려 보낸 보람이 있었다.

시은과 이혁은 토요일이라 일찍 집에 온 지윤이 포함된 오정희 모녀와 함께 식탁에 둘러앉아 사과를 먹는 중이었다.

오정희가 저녁을 먹고 방으로 갔던 두 사람을 부른 것이다.

창밖으로 어둠이 내린 정원이 보였다.

시은이 상체를 식탁 위로 들이밀며 지수의 질문을 받았다.

"왜?"

"엄마가 남자는 다 늑대라고 했는데… 변태오빠는 더

구나 변태잖아요?"

"호호호. 지수야, 그건 염려하지 않아도 돼. 혁이가 사촌동생이기도 하지만 그 방면으로는 믿을 만한 이유가 있거든."

"그게 뭔데요?"

지수가 호기심에 가득 찬 얼굴로 다시 묻자 시은은 코를 찡긋거리며 이혁을 힐끗 보았다.

그 눈길에 불안감을 느낀 이혁이 긴장했을 때 시은이 말했다.

"혁이는 고자거든."

"…쿨럭."

이혁의 입에서 튄 사과 조각이 식탁을 덮었다.

"………."

질겁을 하며 뒤로 물러서는 지수뿐만 아니라 오정희도 눈이 휘둥그레졌다.

지윤이는 대범한 척하려 했지만 결국 얼굴이 빨개져서 고개를 숙였고.

지수가 힐끔힐끔 이혁을 훔쳐보며 시은에게 물었다.

"언니, 진짜요?"

"그~ 럼."

시은은 자신의 말이 의심받는 게 억울하다는 제스처를 보이며 대답했다.

간신히 사과를 삼킨 이혁이 시은을 노려보았다.

"누나… 애한데 무슨 소리야!"

"흥, 변태오빠! 누가 애라는 거야! 냠냠."

지수가 사과를 우물거리며 말을 이었다.

"그런데 변태오빠 고자였어? 아항, 그래서 변태가 된 거구나."

얘기가 이상한 방향으로 번지자 오정희가 쓴웃음을 지었다.

"시은 씨, 그만해요. 지수가 정말이라고 믿겠어요."

"호호호."

시은이 입을 가리며 가볍게 웃는 것을 보며 이혁은 내심 이를 갈았다.

'지난밤에 보았던 누나의 눈물은 분명 가짜였거나 내 착각이었을 거야.'

속으로 구시렁거린 이혁은 포크를 놓고 일어났다.

여기 더 앉아 있다가는 무슨 소리를 듣게 될지 몰랐다.

시은이 사과를 입에 문 채 물었다.

"혁아, 벌써 올라가려고?"

이혁에게 들었던 아줌마 소리에 대해 아주 통쾌한 반격을 한 터라 시은의 얼굴에는 미소가 가득했다. 더해서 아이스크림처럼 달콤한 눈웃음까지.

웃는 얼굴에 화낼 사람 없다는 속담도 있다.

졸지에 고자가 된 이혁도 시은의 웃는 얼굴에 헛웃음이 나왔지만 적어도 눈을 한번 부릅떠서 장난에 대한 경고는 했다.

"바람 좀 쐬고 올게."

오정희만 있었다면 모르지만 지윤과 지수가 함께 있는 자리에서 나온 시은의 농담은 과했다.

오정희 모녀는 이혁을 보기 어색했던 터라 그가 자리에서 일어나자 반기는 기색이 되었다.

밖으로 나와 아무 생각 없이 골목길을 따라 걷던 이혁은 자신을 기다리고 있는 뜻밖의 인물을 볼 수 있었다.

검은색 대형 승용차 뒷좌석에 등을 파묻은 채 내려진 창문을 통해 그를 보고 있는 사람은 편정호였다.

언제 왔는지는 알 수 없었지만 시동이 꺼져 있고, 엔진에서 열기가 느껴지지 않는 것으로 보아 1, 20분은 넘은 듯했다.

편정호와 눈이 마주친 이혁의 얼굴이 환해졌다.

편정호가 직접 그를 찾아올 만한 일이라면 하나밖에 없다.

이혁과 반대로 떨떠름한 얼굴의 편정호가 뱉듯이 말했다.

"타라."

말이 끝나기도 전에 차에 타는 이혁의 거침없는 몸짓이 편정호의 혀를 차게 했다.

'대전에서 날 이렇게 대하는 놈은 이 자식밖에 없을 거야. 빌어먹을… 천하의 워해머 편정호가 어쩌다가 이런 신세가 됐누…….'

이혁이 웃으며 말문을 열었다.

"부르지 그랬냐?"

"그럴 참에 네가 나온 거다."

운전석과 조수석에 있던 두 명의 사내를 턱짓으로 차에서 내보낸 후 편정호는 옆에 놓아두었던 넓적한 노란색 서류봉투를 이혁의 무릎 위로 툭 던졌다.

"그 정도면 이수하의 입이 찢어질 거다."

호언장담.

이혁은 눈을 빛내며 봉인되어 있지 않은 서류봉투를 열었다. 안에 든 것은 10여 페이지쯤 되는 서류뭉치였다. 언뜻 사진도 몇 장 보였다.

이혁은 미소를 지으며 서류를 읽어 내려갔다. 하지만 그 미소는 곧 사라졌고, 그의 안색은 속을 알 수 없게 변했다.

이혁의 얼굴에 신중한 기색이 떠오르는 것을 본 편정호는 어깨를 으쓱했다.

서류에 담긴 내용은 그가 공들여 얻은 정보였고, 그만큼 귀중한 것이었다.

5분 정도가 지난 후 이혁이 고개를 들었다.

편정호를 바라보는 그의 눈빛은 강렬했다.

"무슨 생각이냐?"

편정호는 이혁의 눈길을 슬쩍 피하면서 대답했다.

"뭐가?"

"이 정도라면 해결했을 경우 강력팀 일개 팀을 통째로 특진시킬 만한 거로 보이는데? 내가 원한 건 이렇게 큰 일이 아니었다."

"이수하가 네게 호감을 가질 정도가 되려면 그 정도 사건은 되어야 해."

이혁의 미간에 골이 패였다.

"이수하가 경위지만 이 사건을 해결하면 경감특진도 바라볼 수 있을 거야. 솔직히 말해봐. 이 정보를 내게 가져온 이유가 뭐야? 헛소리하면 이건 캔슬될 거라는 걸 명심해."

"험험······."

편정호는 헛기침을 했다.

그는 말수가 적은 편이고 거짓말을 잘하지 못했다.

말보다 주먹이 빨랐던 그였기에 말을 많이 할 이유가 없는 인생을 살아오면서 성격이 그렇게 굳어진 것이다.

그는 자신이 건넨 정보의 가치를 대번에 파악하는 이혁에게 놀라 당황했다. 하지만 그가 이 정보를 얻기 위해 쏟은 노력은 적지 않았다.

그냥 캔슬되도록 내버려 둘 수는 없는 일이었다.

잠시 망설이던 편정호가 말했다.

"고등학생이 어떻게 그렇게 경찰 일을 잘 아는지 모르겠다……. 네 말대로야. 이건 큰 건이고 내가 네게 이 정보를 주는 건 두 가지를 바라서다. 하나는 너라는 빚쟁이를 떼어내는 것이고, 다른 하나는 이번 일을 해결한 이수하가 특진해서 대전을 떠나는 거다. 경감이 되면 그때부터는 지역에 상관없이 전국 어디나 가라면 가야 하니까. 다른 곳으로 발령이 나지 않는다 하더라도 이수하가 직접 현장에서 뛰지는 않을 거 아니겠냐. 나도 바라지만 너도 그걸 바랄 거 같은데…… 일석이조, 누이도 좋고 매부도 좋은 일이지."

이혁은 미간을 찌푸렸다.

편정호의 말은 그의 마음을 끌었다.

이수하가 특진해서 대전을 떠나거나 부서의 관리자만 되어도 그와 만날 일은 없을 것이다. 그러나 실행하기에는 심각한 문제가 있었다.

그가 고개를 돌려 편정호를 보았다.

편정호는 침을 삼키며 이혁의 말을 기다리고 있었다.

"망치, 너 머리의 강도만 단단한 게 아니라 그 안에 든 것도 단단한 거지?"

"……컥!"

편정호의 입에서 신음이 흘러나왔다. 그 뒤에 이어진 말도 그렇지만 망치라니!

이혁은 찌푸린 미간을 펴지 않고 말을 이었다.

"네 생각에 내가 이런 정보를 가져다주면 이 형사가 나를 어떻게 생각할 것 같냐? 설마 대단한 놈이라고 감탄할 거라고 생각한 건 아니겠지? 나는 고등학생이야. 이런 정보는 내 신분으로는 죽었다 깨어나도 구할 수 없는 게 정상이라구. 망치, 이걸 주면 이 형사는 나를 이 계통에 어떤 식으로든 얽혀 있는 놈으로 볼 거야. 오히려 상황을 더 악화시키게 된단 말이지. 이해가 가?"

이제는 편정호의 이마에 굵은 주름이 생겼다.

한 가지를 생각하면 다른 건 생각지 못하는 그였지만 말귀까지 알아듣지 못할 정도로 둔하지는 않았다.

그는 아쉬움에 혀를 찼다.

"허… 그도 그러네……. 네가 전혀 고교생 같지 않아서 그걸 생각하지 못했다……."

"값어치도 어느 정도 있고, 내가 알고 있어도 이 형사가 그리 이상하게 여기지 않을 사건이 필요해. 절도나 강도 같은 거. 지금 네가 가지고 온 마약제조공장과 공급루트, 판매책의 명단 같은 건 내게 필요 없어."

편정호는 한숨을 내쉬며 고개를 끄덕였다.

"알았다. 이 자식들 좀 처리하고 싶었는데, 아쉽군."

"이 형사 손을 빌리고 싶었던 거냐?"

"그래."

"왜? 너도 이쪽에 손을 대고 있는 거냐?"

이혁의 눈빛이 서늘해졌다.

편정호는 가슴을 짓누르는 듯한 이혁의 기세에 경악했다.

그를 압도하는 잘 벼린 칼날과 같은 기세.

이혁의 전신에 흐르는 것은 분명 잘 다듬어진 살기였다.

'기세화 된 살기를 통제할 정도라니… 이놈 정말 괴물이다…….'

무예를 오랫동안 수련하고, 실전경험을 축적한 고수들은 살기를 의지로 통제할 수 있다.

그들이 통제하는 살기는 일반인들이 증오나 분노를 느꼈을 때 발현되는 것과는 다르다.

그들의 살기는 단련된 것이어서 그 단련의 정도에 따라 살기만으로도 사람의 정신에 심각한 타격을 줄 수 있으며, 진정한 고수들은 기세화 된 살기로 상대의 마음을 강제할 수도 있다.

그러나 그런 경지는 그냥 이야기 속에서나 나올 뿐 현실에서 그것을 본 사람은 거의 없다.

편정호도 그런 사람에 대한 얘기는 그와 동문수학한 친구에게서 단 한 번 들어보았을 뿐이다.

침을 삼킨 편정호가 말문을 열었다.

"큼, 난 족보 있는 건달이다. 약에는 손대지 않는다."

"그럼 왜?"

"이 자식들이 내가 경영하거나 동생들이 자리 잡고 있는 업소에 뽕을 퍼트리고 있어서 정리하고 싶었다."

"직접 손보면 되지 않나?"

"그게 말처럼 쉬운 일이 아니야. 그놈들 자체 전력도 만만찮지만 그놈들이 손을 잡은 자들은 내가 상대하기 힘겨울 정도로 세력이 강한 자들이다."

편정호의 기운 빠진 대답에 이혁은 눈을 빛냈다.

편정호의 솜씨는 그가 직접 겪어본 것.

그 정도의 솜씨에 숫자가 적긴 해도 꽤나 실력 있는 수하들을 거느리고 있는 편정호가 손대기 꺼려할 정도라면 업자들도 그렇고 손잡은 자들도 평범하다 생각할 수 없었다.

"호오… 네가 손대기 껄끄러우니까 경찰력을 빌리겠

다 이거로군. 하지만 왜 나를 통하려고 하나? 이 형사와 직접 거래하면 안 되는 사정이라도 있는 거냐?"

이혁의 물음에 편정호는 흠칫한 표정이 되었다.

그의 기색에서 내심을 읽은 이혁은 풀썩 웃었다.

"꼬리를 물리기 싫은 거로군. 나는 고등학생이니까 의심을 받지 않을 가능성이 크고. 딴에는 머리를 굴렸구나, 흐흐흐."

이혁의 웃음이 잇새로 샜다.

눈빛도 얼음처럼 차갑다.

이혁은 손을 들어 편정호의 어깨를 짚었다.

소름 끼치는 살기가 이혁의 전신에 흘렀다.

"나름 성의도 보여주었으니까 이번은 그냥 넘어가 주지. 하지만 다시 나를 이용하려고 한다면 넌 은퇴해야 할 거야."

편정호의 이마에 굵은 식은땀이 송골송골 솟았다.

그의 얼굴이 파랗게 질려가고 있었다.

이혁이 일으킨 살기에 직격당한 것이다.

편정호는 이를 악물었지만 이혁의 기세를 이겨내지 못하고 고개를 끄덕이고 말았다.

이혁의 살기는 편정호가 머리털 나고 처음 볼 만큼 강했다.

얼마 전 이혁에게 패하고 나서 보여주었던 편정호의

자세는 보기 드문 것이었다.

다른 사람을 이용해 먹을 자라고는 생각하지 않았었기에 이혁의 살기가 더 강해졌던 것이다.

말을 맺은 이혁이 살기를 거두고 나서야 편정호는 숨을 쉴 수 있었다.

이혁을 돌아보는 그의 눈가에 두려움이 화살처럼 스쳐 지나갔다.

'나와 싸울 때는 전력을 다하지 않았었구나······.'

그는 크게 숨을 몰아 쉰 후 입을 열었다.

"돌아가는 게 그렇게 보일 수밖에 없는 건 인정한다. 하지만 너를 이용하려는 생각은 없었다. 단지 나는 네가 만약에 발생할지도 모르는 위험한 상황에서도 나와 내 주변에 있는 사람들보다 더 안전할 수 있을 것이라고 생각했던 것뿐이다. 모양새가 이용하는 것처럼 여겨진 것에 대해서는 사과하겠다."

이혁의 기세하에서도 당당함이 무너지지 않는 자세, 그리고 딱딱하게 굳은 얼굴과 무거운 음성.

거짓이라고 생각되지 않는 태도였다.

이혁의 살기가 조금씩 누그러졌다.

"믿어보지."

그는 서류봉투를 둘둘 말아 뒤춤에 쑤셔 넣었다.

안정을 되찾은 편정호가 물었다.

"그건 왜 가져가는 거냐? 안 할 거라며?"

이혁이 싱긋 웃었다.

"뭐든 갖고 있으면 필요한 때가 오니까."

그에게 기세에서 압도당한 편정호는 그의 말에 토를 달지 못했다.

그는 앞으로 이혁의 앞에서 기를 펴기 힘들 거라는 걸 예감하고 있었다.

기세의 싸움은 주먹이 오가는 싸움보다 패한 자에게 더 큰 영향을 미친다.

주먹싸움에서 진 후에도 편정호는 이혁을 그저 껄끄럽게 여기는 정도였지만 기세싸움에서 압도당한 지금은 말대꾸도 제대로 못할 정도가 된 것이 그것을 증명했다.

차에서 내린 이혁이 문을 닫으며 말했다.

"그럴싸한 정보를 빨리 가져와라, 이런 거 말고. 이틀 정도면 충분하겠지?"

편정호는 이를 악물며 고개를 끄덕였다.

'혹 떼러 왔다가 혹 붙이고 가는 꼴이네. 으휴… 내 신세야……'

오만상을 쓰며 떠나는 편정호와 달리 하숙집을 향해 걷는 이혁의 발걸음은 날아갈 듯 가벼웠다.

화가 나는 일이 있었지만 오해에 가까웠고 무엇보다도 편정호가 약속을 중시한다는 것을 확인한 것은 나쁘지 않은 일이었다.

확실히 편정호는 평범한 깡패들과는 다른 면이 있었
다.

그는 뒤춤에 쑤셔 넣은 서류는 벌써 잊고 있었다.

제6장

"오빠, 왜 그래요?"

　이혁의 팔을 잡고 팔짱을 끼다시피 한 모습으로 은행
동 거리를 걷고 있던 채현은 이혁의 몸이 움찔하는 듯한
기색에 그에게 고개를 돌려 물었다.

　"…어, 아무것도 아냐."

　이혁은 어깨를 움츠리고 고개를 채현 쪽으로 숙인 채
로 말했다.

　언제나 거침없던 말투가 어눌해진 것도 그렇지만 그
태도는 누군가의 시선을 피하는 것이 완연했다.

　채현은 고개를 갸웃하며 주변을 돌아보았다.

　토요일 오후라서 은행동 거리는 젊은 남녀들로 넘쳐

났다. 개중에는 교복 입은 학생들도 있긴 했지만 숫자는 적었다. 토요일이니까.

30도에 가까운 기온 때문에 교복이 아닌 사람들의 옷차림은 노출이 심하고 화려해서 보는 이의 기분도 가볍게 만들었다.

채현의 시선이 좀 더 먼 거리에 이르자 1백여 미터 앞에 이혁과 함께 가기로 한 퀼트전시회장의 플래카드가 걸려 있는 것이 보였다.

거리는 언제나처럼 평온했다.

특별하게 이혁을 긴장시킬 만한 것은 보이지 않는 것이다.

그녀가 다시 한 번 주변을 돌아보려 하자 이혁이 채현의 손을 잡아끌며 성큼성큼 퀼트전시회장을 향했다.

손 자체가 채현의 손보다 두 배는 큰데다 아귀에 실린 힘은 저항이 불가능할 정도로 셌다.

끌려가듯 이혁을 따르는 채현의 볼이 살짝 붉어졌다.

그녀는 살그머니 이혁의 옆모습을 훔쳐보았다.

그녀의 기대와는 달리 고개를 숙인 채 땅을 보고 걷는 이혁의 얼굴은 뭔가 생각에 잠긴 듯 무표정했다. 그래도 채현은 기분이 날아갈 듯 좋아졌다.

지금까지 이혁이 그녀의 손을 잡아준 적은 한 번도 없는 것이다.

편의점 앞 거리에 설치된 의자에 앉아 음료수를 마시던 세 명의 건장한 젊은이 중 한 명이 발로 맞은편에 엉덩이를 반쯤 들고 일어난 젊은이의 정강이를 툭 찼다.

"야, 얼굴이 왜 그래? 귀신이라도 본 것 같은 얼굴이다."

다리를 걷어채인 젊은이, 이제 스물 정도 되어 보이는 각진 얼굴의 사내가 흠칫하며 시선을 들어 자신을 걷어찬 사내를 보았다.

걷어채인 사내의 안색은 푸른색이 비칠 정도로 하얗게 떠 있었고, 눈동자는 심하게 흔들리고 있었다.

두려움이 지나쳐 공포에 다다른 얼굴이었다.

그가 중얼거렸다.

"…낯익은 얼굴을 봐서… 착각일 거야……. 그놈이 대전에 있을 리는 없으니까. 더구나 여자라면 돌덩이 보듯 하던 놈이 교복을 입고 여자와 함께라니… 분명 내가 잘못본거야."

걷어찬 사내의 얼굴에 짜증이 왈칵 밀려드는 것이 보였다.

"너, 돌았냐? 알아듣게 말해봐, 임마. 대체 누굴 봤다는 거야?"

하지만 걷어채인 젊은이는 입을 열지 않았다.

그는 입을 반쯤 벌린 채 '그'를 보았던 곳에 시선을 주고 있을 뿐이었다.

인파로 가득 찬 거리의 한복판을.

최우한의 반쯤 정신이 나간 듯한 태도에 뭔지 모를 불안이 전염되는 걸 느낀 배병종은 짜증이 머리끝까지 솟았다. 하지만 일을 하러 온 마당에 동료와 다투는 것은 그다지 바람직하지 않은 일이라 그는 심호흡을 크게 하며 짜증을 삭혔다.

그와 최우한, 조찬식이 대전에 도착한 것은 한 시간 전이었다.

그들에게 일을 맡긴 사람과 만날 시간까지는 아직 두 시간쯤의 여유가 있어 그들은 번화가로 소문난 은행동에서 시간을 때울 요량으로 이곳에 왔다.

그가 투덜거리며 말했다.

"우한아, 정신 챙겨라. 아무리 일 같지도 않을 일이라고 해도 선금으로 백만 원이나 받았어. 일 끝나면 백을 더 받기로 했고. 확실히 마무리를 짓지 않으면 대전 촌놈들이 우리를 무시할 거다."

최우한은 고개를 아래위로 주억거리며 배병종의 말을 받았다.

"그래… 내가 분명 잘못 본 걸 거야. 소식 끊어진 지 1년 반이 넘은 놈이 대전에서 여자와 노닥거리고 있을

리는 없지……. 미안하다. 일에 집중하겠다."

'확실하지도 않고, 설령 그놈이라 해도 우리 일과는 상관도 없는 놈 얘기를 해서 공연히 불안감을 키울 필요는 없겠지…….'

마음을 정한 최우한의 얼굴이 평소의 모습으로 돌아오자 배병종과 조찬식은 미소를 지었다.

조찬식이 어깨를 으쓱하며 끼어들었다.

"두 시간이나 남았는데 대전 여자 애들이 서울 애들과 어떻게 다른지 알아나 볼까? 일이 완전히 끝나려면 며칠 걸릴 테니까 대전 여자들을 좀 즐겨보는 것도 나쁘지 않잖아."

배병종이 침을 삼키며 고개를 끄덕였다.

조찬식은 외모도 훤칠했고 말주변도 뛰어나서 여자 꼬시는 데는 그들 중에 제일이었다.

그들은 학교를 그만둔 후 조직에 들어가면서 여자에 대한 아쉬움을 느낀 적이 없었다.

서울에서는 필요하면 언제나 여자를 손에 넣을 수 있었다.

하지만 대전에는 그들이 부를 만한 여자가 없다.

셋은 자리에서 일어섰다.

조찬식과 배병종의 뒤를 따라 일어선 최우한은 방금 전 자신이 본 것을 헛것이라고 여기고 있었다.

퀼트전시장은 아직 분양이 되지 않은 3층 건물의 1층과 2층 전체를 쓰고 있어서 상당히 넓은 편이었다.

가방과 필통, 인형 같은 작은 것부터 이불과 같은 큰 것까지 다양한 작품 백여 점이 전시되어 있었는데, 채현은 하나의 작품을 볼 때마다 낮은 탄성을 토하며 온 정신을 집중하고 있었다.

이혁은 내키지 않는 것이 확연한 얼굴로 채현의 뒤를 따라 걷고 있었고.

이혁의 미간에는 보일 듯 말 듯한 가는 주름이 나 있었다.

'우한이 자식이 대전에는 웬일이지? 옆에 있는 놈들도 안면이 있는 놈들이었는데… 이름이 뭐였더라… 병종이하고 찬식이던가……'

그의 생각은 채현에 의해 중단되었다.

그녀는 다양한 색감의 천으로 만든 가방을 가리키며 이혁에게 말했다.

"오빠, 이거 봐! 정말 독창적인 디자인이잖아. 패턴을 베끼는 사람들이 정말 많은데 이걸 만든 분은 그런 사람들과는 차원이 달라도 너무 달라!"

이혁은 쓴웃음을 지으며 고개를 끄덕였다.

퀼트에 관심은 없어도 그동안 퀼트프랜즈를 들락날락

하며 그가 듣고 본 것은 적지 않았다.

우리나라에서 창작활동을 하는 사람들은 예외 없이 창작물에 대한 표절이나 무단배포로 고통을 받는다.

저작권 개념이 일반들에게 제대로 잡혀 있지 않은 데다가 법 또한 허술하기 때문이다.

퀼트는 그런 저작권 침해가 아주 심한 분야 중 하나였다.

일본 것을 베끼는 사람은 수도 없이 많았고, 국내의 퀼트 전문가가 만든 패턴 중 일부만 슬쩍 변형시켜서 자기 것처럼 배포하는 사람도 부지기수였다.

유료로 판매하는 것조차 그런 식으로 변형해서 팔아먹는 게 보편화 되어 있는 게 퀼트시장이었다. 그래서 창조적인 퀼트창작물을 만나는 건 쉽지 않았다.

채현은 흥분한 얼굴이었다. 하지만 이혁이 자신의 말에 맞장구쳐 줄 것을 기대하는 모습은 아니었다.

이혁이 그녀를 따라 이곳까지 와준 것만 해도 감사해야 할 판이다.

그녀가 억지로 끌고 온 상황이었으니까.

그에게 관심을 끊고 다시 작품에 몰두하는 채현의 뒤에 서서 이혁은 생각에 잠겼다.

'내가 자퇴하기 전에 퇴학을 당한 녀석들이 대전에는 무슨 일로 온 거지? 놀러 온 것 같지는 않은 분위기였어……. 그 자식들 조직으로 풀렸다는 소문이 돌았었지……. 대전 조직에 일이 있는 건가? 혹시 우한이 녀석이 날 보지는 않았을까? 그 녀석이 날 알아봤으면 그애 귀에 말이 들어갈지도 모르는데…… 설마 그렇게까지야 되겠어? 그 녀석이 날 봤는지도 불확실한 일이고. 머리 아프구나. 나하고 상관없는 일이다. 신경 끊자.'

이혁은 머리를 휘휘 저어 상념을 털어버렸다.

딱히 할 일도 없는 터라 못이기는 채 끌려왔지만 채현이 즐거워하는 모습을 보면서 그도 덩달아 기분이 밝아지고 있었다.

굳이 옛 일을 되새겨 그 기분을 망칠 필요는 없었다.

"킁킁킁."

"누나, 뭐야!"

코를 가슴에 대고 냄새를 맡는 시은의 행동에 이혁은 한 걸음 뒤로 물러섰다.

채현과 저녁을 먹고 막 귀가한 터라 그는 아직 씻지도 못했다.

시은이 이혁의 뺨을 잡고 자신의 코앞으로 끌어당기며 말했다.

"여자 냄새가 나…… 내 코는 개코야."

눈이 별처럼 반짝인다.

이혁은 눈앞에 있는 시은의 콧망울을 살짝 물어버렸다.

"개코 맞네, 인정!"

콧잔등에 묻은 이혁의 침을 닦은 시은은 토끼처럼 놀란 눈이었다.

이혁을 상대로 무수한 장난을 친 그녀였지만 지금과 같은 반응은 한 번도 겪어보지 못했다.

이혁은 그 나이에 비해 믿을 수 없을 정도로 감정의 변화를 보기 어려웠고, 마치 손 위 오빠처럼 그녀의 장난을 받아만 줄 뿐 대응한 적이 없었던 것이다.

당황한 그녀의 볼이 은근히 붉게 물들었다. 그러나 그런 방면으로는 둔감하기 그지없는 이혁은 시은의 변화를 알아차리지 못했다.

"고개 좀 돌려라, 누나. 누가 보면 누나를 진짜 변태라고 생각할 거야."

간편한 트레이닝으로 갈아입던 이혁이 뚫어져라 그를 바라보는 시은에게 말했다.

시은에게서 돌아섰지만 팬티만 입은 모습이다.

대리석으로 조각한 듯한 몸매가 시은의 시야에 그대로 노출되어 있었다.

시은은 한마디로 이혁의 말을 일축했다.

"취미야, 상관 마."

"그 취미 참······."

이혁은 투덜거리며 옷을 갈아입었다. 그리고 생각난 듯 시은에게 물었다.

"그런데 누나, 오 여사님과는 어떻게 인연을 맺은 거야?"

이혁의 조각한 듯한 몸이 추리닝 속으로 사라지는 것을 아쉬워하며 입맛을 다시던 시은이 어이없다는 듯 웃었다.

"하··· 아··· 너도 참 일찍도 물어본다."

시은은 곱게 눈을 흘기며 말을 이었다.

"몇 년 전에 대전에 일이 있어 왔을 때 이곳에 머무르며 아이들 몇 명의 가정교사를 했었어. 그중에 한 명이 지수야."

"누나가 가정교사를?"

"왜? 이상하니?"

"누나 성격에 애를 가르치는 게 가능해?"

그녀와 함께 있으며 여러 가지 훈련을 할 때 그는 시은에게 인간 이하의 대접을 받은 적이 많았다.

시은은 자신의 기대에 걸맞은 결과를 내놓지 않으면 그냥 넘어가지 않았다.

그를 다루듯 애들을 다루었으면 시은은 지금쯤 감옥에 있어야 정상이었다.

"인형처럼 귀여운 여자애들이었거든."

"남녀차별이로군."

"훗!"

시은은 가볍게 웃었다.

"억울해?"

"억울하다기보다는… 상상이 잘 안 가서."

"나도 모성이 넘치는 여자야. 귀여운 애들은 사랑할 줄 안다고."

"모성……? 결혼이나 하고 그런 소리를 하든 지……."

이혁이 중얼거린 소리는 모깃소리보다 작았지만 시은은 그것을 들었다.

그녀의 눈에 쌍심지가 켜졌다.

"뭐라고!"

"어… 아무 말 안 했어. 나 바람 쐬고 온다."

이혁은 후다닥 방을 나왔다.

안에 있으면 시은의 이중인격을 온몸으로 겪어야 할 지도 모르는 일이었다.

*   *   *

같은 시각.

은행동.

은행동의 골목 안쪽 외진 곳에 자리 잡은 목로주점은 목도 좋지 않은 데다 10여 평밖에 안 되는 좁은 공간과 허름한 내부장식으로 인해 일반인들에게는 외면받는 술집이었다. 그러나 일반인들에게 외면받는다고 파리를 날리지는 않았다.

일반 성인들이 오지 않는 목로주점은 주된 고객이 사복 차림의 고등학생들이었다. 그래서 항상 만원이었고, 이윤도 남에게 아쉬운 소리 듣지 않을 정도는 되었다.

고등학생들이 이곳을 주로 찾는 이유는 간단했다.

오천 원만 있으면 소주 한 병에 푸짐한 두부김치를 안주로 먹을 수 있었기 때문이다.

이상우와 그의 추종자(?)들 중 한 명인 이정호는 이곳에 있었다.

그들도 목로주점의 단골이다.

"상우야, 요새 힘들다."

양철로 만든 탁자 위에 놓인 잔에 가득 찬 소주를 초점 없는 시선으로 내려다보던 이정호가 입을 열었다.

풀이 죽은 음성이다.

막 한 잔을 넘기고 안주를 집어먹은 이상우는 눈을 껌벅였다.

오늘 이 자리도 이정호가 그를 꼬드겨 만든 것이었다.

그도 술이라면 사족을 못 쓰는 터라 한잔 사겠다는 말에 만사 제치고 따라왔고.

"뭐가?"

"이혁."

이정호의 대답에 이상우의 얼굴이 똥이라도 밟은 것처럼 일그러졌다.

그가 으르렁거리는 음성으로 말했다.

"그 괴물 얘기 꺼내지 마!"

이정호의 어깨가 늘어졌다.

"매일 학교에서 그 인간 얼굴만 보면 징글징글한 걸 어떡하냐……."

"너 그 괴물 얘기하려고 오늘 술 마시자고 한 거냐?"

"졸업할 때까지 그 인간하고 같이 지내야 하는데 나는 우리가 지금처럼 그 인간한테 눌려 지낼 수는 없다고 생각해. 뭔가 방법을 찾아야 하지 않을까? 광태하고 세욱이는 은근히 그 인간한테 호감을 느끼는 것 같아서 그 새끼들 빼고 너와 단둘이 얘기를 하고 싶었어."

이상우는 일그러진 얼굴로 소주를 글라스에 따라 물 마시듯 벌컥벌컥 들이켰다.

이혁은 그들이 어떤 짓을 하든 전혀 개입하지 않았다. 하지만 그는 같은 반에 있다는 것 자체가 이상우와 일당에게는 막중한 심적 부담이었다.

그들 전체를 한 방에 재워 버리던 이혁을 무시할 수 있는 사람은 없는 것이다.

더구나 시간이 흐르면서 김세욱과 진광태는 이혁의 강인함과 남영주도 어쩌지 못하는 독불장군 같은 성격에 매혹되어서 그의 말이라면 끓는 물속에라도 뛰어들 것처럼 변해가고 있었다.

이상우는 이글거리는 눈으로 이정호를 보았다.

이정호의 심정을 그가 왜 모를까.

그도 마찬가지의 심정인데.

글라스를 탁자 위에 놓은 그가 말했다.

"그 괴물은 영주 형도 어쩌지 못하고 있잖아. 자기가 말한 대로 학교 일에 개입하지도 않고 있고. 열받기는 해도 인정할 건 인정하자. 지금 그 괴물을 우리 힘으로 어쩔 수는 없어. 그렇다고 포기하는 건 아니다. 졸업하기 전에 그 괴물에게 다시 도전할 거다. 그래서 쓰러뜨려 보겠어."

이상우의 음성은 가라앉아 있었다. 하지만 열기가 흘렀다.

이정호는 빙긋 웃었다.

그가 듣고 싶었던 말이 이상우의 입에서 나온 것이다.

그는 이혁이 아무리 강하다 해도 그의 눈치나 보는 이상우의 모습은 결코 보고 싶지 않았다.

누가 뭐래도 이상우는 어린 시절부터 그의 영원한 골목대장이었으니까.

이상우와 이정호가 주거니 받거니 하며 소주잔을 기울이고 있을 때였다.

그들의 옆을 지나가던 사내가 무언가에 걸린 것처럼 비틀거리다가 그들의 탁자 위로 넘어졌다.

우당탕탕탕.

양철탁자가 뒤집어지며 안주와 술이 이리저리 튀었다.

놀란 이상우와 이정호가 벌떡 일어나며 피했지만 갑작스러운 일이어서 옷이 더렵혀지는 건 어쩔 수 없었다.

"아, 씨발!"

투덜거린 건 이상우와 이정호가 아니라 넘어진 사내였다.

그들보다 한두 살 연상의 보이는 사내는 중키에 눈이 날카롭게 찢어져 머리를 세운 독사를 연상시켰다.

두부김치를 뒤집어쓴 사내가 옷을 이리저리 들춰보다가 이상우에게 말했다.

"야, 이 개새끼야, 술을 처마실 때는 다리를 얌전하게 모아야지 여기가 니네 집 안방이야? 사타구니 쩍 벌리고 술 처마시게! 이 옷 어쩔 거냐, 이 씨발 놈아! 이거 너 같은 촌놈은 구경도 못해봤을 명품이란 말이다."

얼결에 욕을 바가지로 얻어먹은 이상우의 얼굴이 시

뻘겋게 달아올랐다.

사내가 그의 다리에 발이 걸린 것은 맞았다. 하지만 피해갈 충분한 공간이 있었다.

일부러 발을 걸고넘어진 것이라고 봐야 했고, 그렇다면 답은 하나였다.

의자를 뒤로 밀어버린 이상우는 어깨에 힘을 주며 사내를 노려보았다.

"작정한 모양인데, 여기서 이빨만 깔 거냐?"

이상우의 반응이 뜻밖이었던 듯 사내는 눈을 가늘게 떴다. 그러고는 피식 웃었다.

"어이쿠, 이 새끼 봐라. 원한다면 나가지 뭐. 여기서는 주먹질 안 하는 게 불문율이라며?"

이상우는 고개를 끄덕였다.

목로주점은 인내심이 부족한 학생들이 고객이었고, 때문에 그 사이에 시비가 많이 생겼다. 그래서 주점 내에서는 싸우지 않는다는 불문율이 생겼다.

청소년이 술을 마시는 걸 경찰이 적발하면 그 주점은 중한 처벌을 받는다.

세 번 걸리면 업소가 폐쇄되는 것이다.

주인도 그런 것을 원하지 않았고, 고객들인 학생들도 은행동에서 유일무일한 학생 상대 주점이 문을 닫는 것을 원하지 않았기 때문에 생긴 불문율이었다.

이상우는 사내가 일어선 자리에 앉아 있던 자리에 두 명이 더 있는 것을 볼 수 있었다.

그들도 일어서고 있었다.

이상우는 피식 웃었다.

세 사내는 거친 분위기를 갖고 있었지만 주먹질이라 면 그와 이정호도 이골이 났다.

숫자상 삼 대 이의 열세라고 겁먹을 그가 아닌 것이 다.

성큼성큼 문을 나서는 사내의 뒤를 이상우와 이정호 가 따랐다. 그리고 사내의 일행 둘이 그 뒤에 붙었다.

*   *   *

김세욱과 진광태가 찾아온 것은 한 시간쯤 바람을 쐬 며 머리를 식히던 이혁이 막 하숙집에 도착하기 10여 분 전이었다.

이혁은 하숙집 앞의 가로등 아래 서 있는 건장한 사내 두 명의 그림자가 자신을 향해 다가서는 것을 보고 고개 를 갸우뚱하다가 그들의 정체가 김세욱과 진광태라는 것 을 알고 안색을 굳혔다.

두 사람의 안색이 어둠 속에서도 알아차릴 수 있을 만 큼 확연하게 제 색을 잃고 있었기 때문이다.

"혁이 형⋯⋯."

하얗게 질린 얼굴로 이혁을 부르는 김세욱의 음성은 가늘게 떨렸다.

"너희가 웬일이냐?"

"상우가⋯ 상우가 당했답니다."

대답은 진광태가 했다.

"뭐?"

이혁은 눈살을 찌푸렸다.

"무슨 소리냐? 상우가 당하다니?"

"은행동 목로주점이란 곳에서 정호와 함께 있던 상우가 뜨내기 서울 놈 세 명하고 시비가 붙었는데⋯⋯ 크게 다쳤다고 합니다."

김세욱이 고개를 푹 떨구며 대답했다.

이혁의 눈빛이 강해졌다.

"얼마나 다쳤냐?"

"확실하진 않은데⋯⋯ 왼팔이 부러진 거 같답니다."

"팔이 부러져?"

"예."

"서울 놈들이 그랬다고?"

"예, 처음부터 구경하던 애들이 몇 있었는데 걔들 말로는 그 세 명이 서울 놈이라고 했습니다."

이혁의 눈에 뭔가를 생각하는 빛이 떠올랐다.

그가 다시 물었다.

"삼 대 이로 싸운 거 아니지?"

확인하는 듯한 어조.

김세욱이 입술을 깨물었다.

"예, 세 놈 중에 한 놈하고 상우가 붙었는데… 깨졌답니다."

예상했던 대답이라는 듯 이혁은 표정 한 점 변화 없이 재차 물었다.

"상대는?"

"좀 다치기는 했다는데 상우가 입은 상처에 비하면 가볍다고 합니다."

"영주는?"

김세욱이 번뜩 고개를 들었다.

의혹이 묻어나는 눈빛이다.

이혁이 갑자기 남영주에 대해 묻는 걸 이해할 수 없었기 때문이다.

"영주 형님은 그곳으로 가고 계십니다."

이혁의 찌푸려졌던 눈살이 이마에도 번졌다.

"가고 있다고?"

"예."

그는 혀를 찼다.

"상우는 아직 거기 있는 거냐? 그놈들도?"

"예."

"뜨내기들이 그 정도 사고 쳤으면 도망쳐야 할 텐데 그 자리에 있다고?"

"목로주점과 근처에 있던 우리 학교 애들 스무 명 정도가 놈들을 포위하고 있는 상황이라 도망은 못 갑니다."

"포위되어 있어서가 아니라 도망갈 생각이 처음부터 없는 놈들이라 그런 거다."

이혁의 말은 혼잣말에 가까웠다.

내용을 이해할 수 없어서 김세욱과 진광태는 꿀 먹은 벙어리가 되었다.

"그런데 나한테는 왜 온 거냐?"

아직까지 남영주와 그가 맺은 협약은 두 사람만 안다.

김세욱과 진광태의 시선이 땅을 향했다.

"……영주 형이 형님한테도 전하라고 하셔서…….."

"영주가?"

"예."

이혁은 쓴 약을 한 움큼 집어삼킨 얼굴이 되었다.

남영주는 그에게 협약을 이행하라고 이들을 보낸 것이다.

그가 이번 일의 이면에 묘한 구석이 있음을 느낀 것처럼 남영주도 이상한 구석이 있음을 눈치챈 것임이 틀림

없었다.

그렇지 않다면 남영주가 김세욱과 진광태를 그에게
보내지 않았으리라.

*　　　*　　　*

은행동 외곽의 공터.

"상우야… 병원에 가자……."

이정호의 음성은 가늘게 떨리고 있었다.

두려움 때문이다.

눈두덩이 퍼렇게 물들고 입술이 찢어져 얼굴이 피칠
갑이 된 이정호의 말에 이상우는 이를 갈았다.

그의 몰골도 이정호에 비해 그리 낫다고 할 수 없을
만큼 형편없었다.

"못 간다. 영주 형이 곧 올 거야. 저 새끼들 꼬꾸라지
는 거 보고 가겠다. 짱구 좀 굴려봐. 저 새끼들 이대로
대전 뜨면 무슨 재주로 찾겠냐?"

힘없이 주저앉은 채 왼팔을 부여안은 이상우의 창백
한 얼굴은 식은땀으로 덮여 있었다.

고통이 극심하다는 걸 한눈에 알 수 있는 얼굴이었지
만 독기가 배어 나오는 눈빛은 여전해서 기가 꺾이지 않
았음을 알 수 있었다.

그의 독기 어린 시선이 향한 곳에는 한가로운 표정으로 노닥거리고 있는 세 명의 사내가 있었다.

나이가 많아야 그들보다 한두 살 정도 더 먹어 보일 뿐인 그들은 잭나이프를 갖고 장난을 치고 있었다. 그래서 공터를 에워싸고 있는 20여 명의 학생은 감히 그들에게 접근하지 못했다.

노닥거리는 와중에 간혹 주변을 돌아보는 세 사내의 눈빛은 얼음덩이 같아서 접근하면 망설이지 않고 잭나이프를 휘두를 것처럼 느껴졌기 때문이다.

그들의 나이는 학생들과 비슷한 연배로 보였지만 언뜻언뜻 드러나는 살기 자욱한 분위기는 학생들과 차원이 달랐다.

이정호가 안절부절못한 얼굴로 다시 말문을 열려 했다.

"하지만……."

"닥치고 있어. 끝을 보기 전에는 난 안 가!"

눈을 부릅뜬 이상우의 단호한 음성에 이정호는 입을 다물었다.

이상우가 황소라는 별명이 붙은 건 주먹 솜씨 때문만은 아니었다.

그의 고집도 황소고집인 것이다.

이정호는 속으로 한숨을 삼키며 손목시계를 보았다.

시계바늘은 10시를 가리키고 있었다.

남영주에게 핸드폰으로 연락을 한 지 30분이 지났다. 3학년이 된 후 학교 도서관에서 살다시피 하는 남영주가 택시를 타고 온다면 이제 거의 도착할 시간이었다.

"병종아, 영주라는 놈이 정말 다이다이로 붙으려 할까?"

독기 어린 눈으로 자신들을 보고 있는 이상우를 일별하며 최우한이 물었다.

"준범이가 장담했으니까, 믿어봐야지."

배병종의 대답에 조찬식이 피식 웃으며 말했다.

"나는 21세기에 아직도 그렇게 정신 나간 놈이 대한민국에 살고 있다는 게 이해가 안 가."

배병종이 고개를 끄덕였다.

"흐흐흐, 그 자식이 자칭 뭐라더라… 자기가 이 시대 마지막 낭만파 주먹의 계승자라고 주장한다잖아."

조찬식의 웃음소리가 커졌다.

"크크크, 낭만파 주먹…… 양은이파 등장 이후 연장질로 시대가 바뀐 지가 몇십 년인데 지금 그런 개소리를 지껄이는지 모르겠다."

그들이 서로를 보며 웃고 있을 때 주변의 분위기가 변했다.

그들과 10여 미터의 거리를 두고 맞은편에 있던 학생들 가운데가 칼로 벤 듯 갈라지며 여섯 명의 학생이 걸어나왔다.

그들 중 중앙에 있는 미남자를 본 학생들의 얼굴이 환해졌다.

그들은 나타난 사내에게 일제히 허리를 숙여 인사하며 외쳤다.

"형님 오셨습니까."

한 목소리다.

그 장면을 목격한 최우한 등 세 사람의 안색이 살짝 변했다.

학생들의 인사는 조폭들이 하는 것과 다를 바 없었는데 결정적인 차이점이 있었다.

그들이 나타난 사람을 진심으로 존경하고 있다는 게 얼굴에 그대로 드러났던 것이다.

위계질서가 칼 같은 폭력조직에서도 후배들에게 저만큼의 존경을 진심으로 받는 사람은 극히 드물다.

아니, 없다시피 한 것이 현실이다.

이정호의 부축을 받으며 일어나 꾸벅 허리를 숙이는 이상우를 본 남영주의 수려한 얼굴이 사막처럼 삭막해졌다.

"팔은 어때?"

"부러진 거 같은데… 견딜 만합니다, 형님."

"보고 갈 생각이겠지?"

이상우의 속을 꿰뚫고 있는 질문.

"예."

고개를 끄덕여 이상우의 바람을 허락한 남영주가 한 걸음 앞으로 나섰다.

그의 시선이 배병종에게 꽂혔다.

최우한과 조찬식을 좌우에 둔 배병종의 분위기는 그가 은연중 일행의 리더라는 것을 짐작하게 했던 것이다.

"서울 놈들이라고 들었다, 맞나?"

배병종이 씨익 웃었다.

"서울에서 오긴 했지."

"폼을 보아 하니 학생에게 시비나 걸고 다닐 놈들로는 보이지 않는데 이유가 뭐냐?"

배병종은 어깨를 으쓱했다.

"저 새끼 선배인가 보군. 시비는 네 후배 새끼가 먼저 걸었어. 나야 그냥 맞고 있을 수는 없어서 상대해 주었을 뿐이야. 후배 복수를 해주려고 온 거야? 아주 기특한 선배로군. 흐흐흐."

비웃음이 완연한 웃음.

남영주는 입을 굳게 다물었다.

배후가 의심스러웠지만 상대가 저렇게 나오면 답이 없다.

꺾어놓고 주리를 틀어야 제대로 된 대답을 들을 수 있을 것이다.

배병종을 비롯한 세 명의 눈가에 의아한 기색이 떠올랐다.

그들은 이상우를 대하는 남영주의 분위기로 봐서 당장 그들을 향해 손을 쓸 거라고 생각했다. 그런데 남영주는 손을 쓰기는커녕 입을 다문 채 오연한 얼굴로 세 사내를 보며 뒷짐을 지고 있었다.

배병종이 어이가 없다는 얼굴로 뱉듯이 말했다.

"야, 이 새끼야. 너, 뭐 하자는 플레이야? 안 덤빌 거면 우리는 가겠다!"

남영주의 차가운 시선이 배병종의 번들거리는 눈과 부딪쳤다.

"기다려. 너희들 버릇을 고쳐 줄 사람은 내가 아니야. 그가 곧 온다."

"뭐라고?"

배병종 등은 어처구니없어 하며 서로를 돌아보았다.

상황의 전개가 그들의 예상과는 전혀 달랐다.

그들뿐만 아니라 이상우를 비롯한 학생들의 얼굴에도 의혹이 충만해졌다.

이상우가 당한 건 사비고의 치욕이었다.

그들이 생각할 때 그것을 갚아줄 사람은 남영주밖에 없었다.

다른 누가 있단 말인가.

다행히 그들의 의혹은 1분도 지나기 전에 풀렸다.

청바지에 검은 티를 입고 눈살을 있는 대로 찌푸린 장신의 사내, 이혁이 김세욱과 진광태를 앞세우며 남영주의 뒤에 모습을 드러냈던 것이다.

자신의 뒤에 꽂힌 학생들의 시선에서 등장인물이 누군지 대번에 알아차린 남영주는 뒤도 돌아보지 않은 채 말했다.

"왔나?"

"왔다."

이혁의 어조는 심드렁했다.

내키지 않는 길을 억지로 왔다는 것이 말투에 그대로 묻어났다.

남영주는 싱긋 웃으며 자신의 옆에 와 걸음을 멈춘 이혁에게 말했다.

"남아일언……."

고사성어를 읊는 것은 이혁이 협약을 지킬 것을 믿는다는 뜻.

그러나 이혁의 입에서 나온 응대는 엉뚱했다.

"풍선껌!"

이어진 이혁의 말에 남영주는 황당하다는 얼굴이 되어 그를 돌아보았다.

"그 무슨⋯⋯."

"개 풀 뜯어먹는 소리냐는 거지? 농담이다."

이혁은 분위기에 전혀 걸맞지 않은 말을 하며 한 걸음 앞으로 나섰다.

현장에 도착해 이상우를 거덜 냈다는 세 명을 본 그는 자신이 예상했던 상황 중 최악의 것이 현실화되었다는 것을 깨닫고 속이 뒤틀린 상태였다.

피할 수 있으면 피하고 싶었지만 그럴 수 있는 상황이 아니었다.

그는 어떤 약속이든 자신이 한 약속은 반드시 지켰고, 곤란한 상황이라고 약속을 저버리는 행위와 달면 삼키고 쓰면 뱉는 행동을 하는 자를 경멸했다.

그래서 피하고 싶은 곤란한 상황이 닥쳤다고 그것을 외면하는 것은 그에게 가능한 일이 아니었다.

배병종과 조찬식은 얼굴을 잔뜩 찌푸리고 고개를 갸웃거리며 이혁을 보고 있었다.

"어디서 본 놈이지? 낯설지가 않은데⋯⋯."

배병종의 중얼거림을 들으며 최우한은 침을 꿀꺽 삼켰다.

그는 이혁이 나타났을 때부터 시체처럼 하얗다 못해 파랗게 변한 얼굴이 되어 있었다.

그런 최우한에게 이혁이 말했다.

"우한아, 벌써 나를 잊은 거냐?"

"……잊었을 리가 있겠어……."

대답하는 최우한의 음성은 사시나무처럼 떨렸다.

"다행이군. 그럼 너희가 팔을 부러뜨린 저 친구에게 사과하고 치료비를 변상하는 걸로 이 일 마무리 짓자. 이 정도면 괜찮은 조건 같은데, 어떠냐? 저 친구는 나하고 꽤 관련이 있어 못 본 척 할 수가 없다."

최우한은 침을 꿀꺽꿀꺽 삼키며 배병종을 보았다.

그는 알고 있었다.

이혁이 지금 이 일에 개입하고 싶어하지 않는다는 걸.

개입할 생각이 있었다면 저렇게 말을 많이 할 이혁이 아니었다.

그로서는 천행이라고 여길 만한 일이었다. 그러나 배병종과 조찬식의 반응이 최우한과 같을 수는 없는 일이다.

말은 안 했지만 배병종을 보는 최우한의 시선에는 이혁의 제안을 받아들이고 여길 떠나자는 뜻이 담겨 있었다. 그러나 배병종은 최우한의 그런 시선을 이해할 수도 없었고, 그가 뱀을 만난 개구리처럼 떨고 있는 것이 마음에 들지도 않았다.

"우한아, 너 왜 그래? 저 새끼, 아는 새끼야?"

배병종의 음성에는 분노가 담겨 있었다.

서울에서도 동년배들 중 손에 꼽히는 파이터인 최우한이 보이고 있는 모습은 그가 이해할 수 있는 영역 너머에 있었다.

최우한은 넋 빠진 사람처럼 정신없이 고개를 끄덕였다.

그 모습에 더 화가 난 배병종이 재차 다그쳤다.

"저 새끼가 대체 누군데 그래?"

"……이혁……."

최우한의 음성은 기어들어 가는 듯했다.

배병종과 조찬식은 눈살을 찌푸렸다.

어디선가 들어본 이름인데 생각이 나질 않는 것이다.

조찬식이 소리쳐 물었다.

"이혁이 누구야?"

최우한이 떨리는 눈길로 이혁을 훔쳐보며 그가 들을까 무서워하기라도 하는 듯 작은 목소리로 대답했다.

"기억 안 나? 2년 전 한강 고수부지… 서울 일진 짱들 모임, 구룡회를 단신으로 박살 냈던……."

배병종과 조찬식의 안색이 대변했다.

최우한에게서 시선을 떼고 이혁을 돌아본 그들의 입

이 딱 벌어졌다. 그리고 동시에 외마디 비명 같은 외침이 터져 나왔다.

"미친개 이혁!"

최우한 일행이 나눈 대화의 대부분은 소리가 너무 작아 전부를 들은 사람이 이혁밖에 없었다. 하지만 배병종과 조찬식이 마지막에 뱉은 말은 모두가 들었다.

쇳소리가 섞인 상당히 큰 목소리여서 고막에 이상이 있는 사람이 아닌 한 그것을 못 들으려야 못 들을 수가 없었다.

사비고에서 이혁을 모르는 사람은 없다.

그의 별명을 들은 학생들은 웃어야 될지 말아야 할지 고민하는 얼굴들이 되어 있었다.

자리가 자리인 만큼 그들이 고민할 만했다.

그러나 그런 고민을 전혀 하지 않을 자격이 있는 한 사람은 웃음을 참지 않았다.

"으하하하하, 미친개라… 정말 잘 어울리는 별명인걸!"

남영주가 웃음을 참지 못하고 허리를 꺾으며 하는 말에 이혁의 얼굴이 사정없이 일그러졌다.

남영주의 별명은 '문나이트(달의 기사)'다.

일설로는 여학생들이 붙여줬다는 말도 있는 그의 만화만큼이나 판타스틱하고 비현실적이지만 어쨌든 스마

트한(?) 별명은 이혁의 별명인 미친개와 하늘과 땅의 차이가 있었다.

혁를 찬 이혁이 팔짱을 끼며 배병종을 보았다.

"내가 우한이에게 했던 제안이 가장 합리적이라고 본다. 받아들이는 게 어떨까?"

권유의 형식이지만 사실상 강요나 다름없는 제안.

배병종의 창백해졌던 얼굴에 스산한 기운이 떠올랐다.

그가 손에 쥔 잭나이프를 접었다 펴며 말했다.

"흐흐흐, 이런 개새끼가! 너에 대한 얘기는 많이 들었지. 그중에 압권은 구룡회 짱들이 자신들의 회합 장소에서 큰대 자로 누워 잠자고 있는 너를 깨웠다는 단순한 이유로 걔들을 박살 냈다는 얘기였다. 아, 싸울 때 눈이 뒤집히고 침을 질질 흘리는 모습이 미친개랑 똑같다는 얘기도 들었다."

배병종의 말하는 투는 물러날 자의 그것이 아니었다.

그저 소문일 뿐인 이혁의 싸울 때 모습을 언급하는 건 그를 화나게 하려는 의도로 보는 것이 옳았다.

흥분한 그가 선공을 하도록 유도하겠다는 뜻.

흥분하면 신체의 균형이 흐트러질 수밖에 없으니까.

하지만 이혁이 그런 애들도 알아차릴 유도에 걸릴 까닭이 없었다.

입술을 떼는 이혁의 얼굴에서 표정이 사라졌다.

"거절이로군."

배병종이 히죽 웃으며 혀를 내밀어 잭나이프의 날을 핥았다.

그의 눈이 살모사처럼 번들거렸다.

이혁의 정체를 알고 놀랐던 기색은 더 이상 그에게서 볼 수 없었다.

상대가 상대인 만큼 긴장의 기색은 남아 있었지만.

"지금까지 내가 싸운 놈들 중에는 날고 긴다는 놈들도 많았다. 그들 중에 너보다 나은 솜씨를 가진 놈들도 있었을 거야. 하지만 한 놈도 예외 없이 전부 배에 구멍이 뚫려서 쓰러졌지. 너라고 배에 칼이 박히면 별다른 수가 있을 거 같지는 않거든."

이혁이 입꼬리를 비틀며 소리 없이 웃었다.

"박히면 그렇겠지. 자신 있으면 해봐."

천천히 팔짱을 풀며 말하는 이혁의 목소리는 약간 쉰 듯 가라앉아 있었다.

시니컬하게 들리는 음성.

최우한의 안색이 파랗다 못해 아예 똥색으로 변했다.

그는 이혁이 자퇴할 때까지 다녔던 한강고등학교의 1년 선배로 학년 짱이었다.

구룡회의 멤버로 다른 멤버와 함께 이혁에 의해 떡이 된 자들 중 한 명이기도 했고.

그래서 그는 이혁의 성격을 잘 알았다.

이혁이 연장을 얼마나 싫어하는지도 당연히 잘 알았다. 그리고 이혁이 화가 나면 날수록 점점 더 시니컬하게 변한다는 것도.

그는 도망치고 싶었다.

그와 동료들이 칼을 들고 있었지만 그것이 이혁에게 통할 거라는 생각은 아예 들지 않았다.

그는 이혁이 싸우는 모습을 직접 보았고, 그 모습을 꿈에 다시 볼까 두려워하는 사람이었다.

이혁에 대한 전설과도 같은 소문을 귓등으로 듣고 실력을 반신반의하는 배병종이나 조찬식과는 생각이 다를 수밖에 없었다.

그러나 배병종이 나서고 자석처럼 조찬식이 따르자 그는 더 이상 생각할 여지가 없게 되었다.

그들은 같은 조직에 속해 있었고, 서열도 같았다. 그러나 그와 조찬식과는 달리 배병종은 조직의 선배들에게 주목받는 존재였다.

배병종을 버려두고 떠난다면 그로서는 뒷감당을 할 수 없는 것이다.

"셋이 다 덤빌 모양인데, 도와줄까?"

배병종 일행의 손에 들린 칼을 보며 남영주가 물었다. 하지만 그다지 긍정적인 대답을 기대하는 얼굴은 아니었다.

이혁 같은 사내가 상대의 수가 많다고 다른 사람이 한 손 거드는 걸 원하리라고는 생각되지 않았기 때문이었다.

그의 예상대로 이혁은 고개를 저었다.

"끼어들지 않는 게 나를 돕는 거다."

자르듯 내뱉은 이혁이 크게 한 걸음 앞으로 나섰다.

남영주는 어깨를 으쓱했다.

"후후후, 좋을 대로. 네 솜씨를 직접 보지 못한 것이 아쉬웠는데, 오늘 그 아쉬움을 풀 수 있겠군."

공터의 분위기가 눈폭풍이라도 맞은 것처럼 살벌하게 변했다.

남영주와 그를 따라온 다섯 명의 일레븐 멤버는 이상우와 이정호를 보호하며 뒤로 물러섰고, 공터를 포위하고 있던 학생들은 마른 입술을 축이며 눈을 부릅떴다.

칼과 맨손, 그것도 삼 대 일의 싸움이었다.

영화라면 흔한 장면이지만 이건 현실이었다.

평범한 사람이라면 평생 동안 한 번도 구경하기 힘든 광경인 것이다.

이혁의 흑백이 뚜렷한 눈동자가 품(品) 자를 이루며 접근하는 세 명을 훑었다.

배병종을 비롯한 셋은 모두 잭나이프의 손잡이를 위로 쥐고 칼날을 팔목 밑으로 숨긴 자세를 취하고 있었다.

칼날을 손목 밑으로 숨긴 채 시작하는 단검술은 익히기가 까다로운 대신, 익히게 되면 그 위력을 확실하게 볼 수 있다.

검을 익힌 사람들이 사도(邪道) 취급을 할 만큼 암수와 기궤한 수법들이 많기 때문이다.

'저 자식, 조직에 들었다고 하더니 독한 걸 배웠군.'

그가 알던 최우한은 쇠파이프와 각목, 자전거 체인 같은 것은 잘 다루었어도 칼 쓰는 데는 능숙하지 못했었다.

그런데 지금 입술을 깨물며 다가오는 최우한의 자세에는 망설이지 않고 칼을 그어댈 각오가 배어 있었고, 중심이 안정된 가운데 무릎과 허리는 폭발력을 담고 있었다.

한두 달 칼을 쥐어서는 저런 자세가 나오지 않는다.

누가 가르쳤는지는 알 수 없지만 제대로 배운 것이다.

이혁의 눈에 서서히 강렬한 빛이 일렁이기 시작했다.

이혁을 포위하듯 둘러싼 세 명 중 먼저 움직인 것은 이혁의 정면 1미터 앞까지 다가선 배병종이었다.

반걸음쯤 내민 오른발 끝과 수직선상에서 만나는 허공을 부유하듯 움직이던 그의 오른손이 무서운 속도로 이혁의 왼쪽 어깨를 아래에서 위로 비스듬히 베어갔다.

춋.

공기가 갈라지는 미세한 소음이 공터의 공기를 얼어
붙게 했다.

반보를 우측으로 움직여 배병종의 칼을 피한 후 그의
측면으로 파고들려던 이혁의 눈이 번뜩였다.

어느새 그가 움직인 방향으로 접근한 최우한이 이를
악물고 횡으로 그의 허리를 베어오고 있던 것이다. 그대
로 걸음을 내딛는다면 바로 그의 복부에 칼이 꽂힐 터였
다.

그 칼질로 이혁이 전진하려던 방향이 봉쇄되었다. 피
하며 움직이기에는 최우한과의 거리가 너무 가까웠다.
그는 이혁과 50센티도 떨어지지 않은 곳까지 접근해 있
었다.

최우한의 반응은 이혁의 좌측에있는 조찬식보다 훨씬
빨랐다. 그것은 그가 이혁의 솜씨를 몸으로 경험한 적이
있었기 때문에 가능한 일이다.

이혁이 마음대로 움직일 수 있는 영역을 허락한다면
자신들이 지옥에서 튀어나온 것 같은 한 마리의 미친개
를 상대해야 한다는 걸 그는 너무나 잘 알고 있었다.

바짝 접근한 채 휘두르는 최우한의 칼질로 이혁의 우
측면 운신 폭은 현저하게 줄어들었다.

최우한의 의도를 짐작한 이혁은내심 쓰게 웃었다.

'공간을 주지 않겠다? 이 자식, 정말 많이 늘었는 걸.'

생각은 해도 움직임은 멈추지 않는다.

그가 자신하는 맷집도 칼을 맞고 멀쩡할 정도는 아닌 것이다.

한 걸음 뒤로 물러나는 그에게 두 자루의 칼이 더 날아들었다.

헛손질한 방향을 바꾸어 이혁의 어깨를 찍어오는 배병종의 칼, 그리고 자세를 낮추며 그의 좌측으로 접근한 조찬식이 허벅지를 향해 칼을 휘두른 것이다.

지켜보는 사람들의 눈이 따라가기 힘들 정도로 변화가 빠르고 정확한 칼질이었다.

남영주의 얼굴도 살짝 굳었고, 다른 학생들은 숨도 쉬지 못하는 얼굴들이 되었다.

그들의 눈에 피를 뿌리며 쓰러지는 이혁의 모습이 보이는 듯했던 것이다.

이혁은 미미하게 눈살을 찌푸렸다.

연장질하는 상대와 시간을 끌어 좋을 것이 없었다. 상대의 솜씨가 괜찮다면 더욱 그랬다.

최우한 일행의 솜씨는 위협적이라고까지 할 정도는 아니었지만 껄끄러울 정도는 되었다.

그는 발뒤꿈치로 지면을 슬쩍 밀었다.

동시에 그의 상체가 바람처럼 뒤로 넘어갔다.

그 두 동작이 하나가 되자 그의 신형은 그대로 허공에 수평으로 누운 채 1미터 정도를 뒤로 날아갔다. 지면과의 거리는 70센티 정도.

배병종 일행은 당황한 기색으로 눈을 껌벅였다.

코앞에 있던 상대가 유령처럼 사라졌으니 그들도 순간적으로 당황할 수밖에 없었다.

이혁의 움직임은 믿기지 않을 정도로 빨라서 순간적으로 그를 놓친 것이다.

찰나에 불과한 그들의 멈칫거림이 승부를 갈랐다.

허공에 수평으로 누운 채 뒤로 물러나던 이혁의 오른손 끝이 뒤쪽의 지면을 밀었다.

그의 신형이 벽에라도 막힌 것처럼 그대로 허공에 정지했다. 그리고 어느새 반회전하며 상체를 세운 그의 가슴 앞에 모아졌던 무릎이 아래로 내려가며 지면을 박찼다.

그의 신형이 탄환처럼 가공할 속도로 물러난 거리를 좁혔다.

움직이는 그의 눈빛이 무섭도록 강렬하게 빛나고 있었다.

헛손질을 하고 당황하면서도 빠르게 방어 자세를 잡아가던 배병종 일행 중 이혁의 가공할 돌진을 가장 먼저 온몸으로 느낀 사람은 최우한이었다.

그의 등줄기를 타고 전율이 치달렸다.

이혁은 그들의 포위를 순간적으로 벗어났고, 자유롭게 움직일 수 있는 공간을 얻었다.

최우한의 창백하게 변한 얼굴에 절망의 기색이 완연해졌다.

그가 아는 한 공간을 확보한 미친개를 막았던 자는 지금까지 아무도 없었다.

최우한의 손에 들린 칼이 그의 전면에 팔자형의 선을 그리며 방어막을 쳐갔다.

그러나 그 동작은 타이밍을 놓친 것이었다.

최우한의 손이 그의 전방에서 움직이려 할 때 그 손목을 잡아채며 파고든 이혁의 쇳덩이 같은 주먹이 벌써 그의 코에 틀어박히고 있었기 때문이다.

퍼석!

쾅!

"크윽."

뼈가 부러지는 소름 끼치는 소리와 함께 안면이 피투성이로 변한 최우한이 억눌린 비명과 함께 바위에 눌린 개구리처럼 지면에 패대기쳐졌다.

이혁의 주먹에 깃든 힘은 공포스러울 정도였는 데다가 그에게 팔목까지 잡힌 터라 최우한은 뒤로 튕겨 나가지도 못한 채 지면으로 처박힌 것이다.

배병종이 이혁의 움직임을 눈으로 확인한 것은 이혁의 주먹이 그의 좌측에 있던 최우한의 얼굴에 꽂힐 즈음이었다.

이혁의 움직임은 그렇게 빨랐다.

가히 상상불허.

그와 이혁의 거리는 불과 7, 80센티.

경악한 그가 사력을 다해 이혁의 목을 베어갔다.

손목 아래 숨겨져 있던 칼날이 마치 바람개비처럼 그의 손바닥 아래서 회전했다.

손가락 끝으로 칼을 돌리는 고도의 기법.

회전하는 칼끝에 닿는 살은 걸레처럼 찢어진다.

그러나 속도 면에서 그는 처음부터 이혁의 상대가 될 수 없었다.

회전하는 칼끝이 목과 10여 센티를 남겨두고 있을 때 그는 허리를 비틀며 숙였다. 동시에 칼날을 머리 위로 흘려보내면서 왼발로 배병종의 오른발 뒤쪽 정강이를 후려 차듯 걸어 올리고 있었다.

퍽!

"흡!"

배병종은 항거할 수 없는 힘에 두 다리가 공중에 뜬 채 뒤로 넘어갔다. 그의 칼을 잡은 손목을 낚아챈 이혁의 몸이 반쯤 비틀리자 배병종의 몸이 허공에서 반 바퀴를 돌며 이혁에게로 끌려왔다.

쾅!

무서운 기세로 허공에서 오른쪽 어깨부터 바닥에 처박힌 배병종은 비명도 지르지 못한 채 거품을 물고 기절했다.

찢어진 옷 사이로 부러진 어깨뼈가 살을 뚫고 튀어나와 있었다.

조찬식은 뭐가 어떻게 돌아가는지도 잘 알지 못했다.

이혁이 뒤로 물러나며 품자 대형이 무너진 그들은 거의 나란히 서 있다시피 했는데 그와 최우한의 거리는 1.5미터, 배병식과의 거리는 7, 80센티미터 정도였다.

그렇게 짧은 거리였음에도 그가 이혁의 공격을 알아차린 것은 최우한이 지면에 처박힐 때였고, 사색이 된 그가 칼을 들어 올렸을 때는 배병종이 지면에 널브러져 있었다.

그는 공포에 잠긴 눈으로 이혁을 보았다.

이혁을 본 최우한이 뱀을 만난 개구리처럼 떨었던 이유를 이제는 그도 절실하게 깨닫고 있었다.

무심한 듯하지만 그 깊은 곳에 폭발할 듯한 광기가 어린 이혁의 눈이 그를 향했다.

"…으으으… 미친… 개……."

칼을 든 손을 벌벌 떨며 뒤로 물러나는 조찬식은 자신
도 모르게 중얼거렸다.

이혁은 혀를 차며 쓰게 웃었다.

그와 싸웠던 자들이 한결같이 보였던 반응을 조찬식
도 보이고 있었다.

그는 왜 그들이 그런 반응을 보이는지 이해를 하지 못
했다.

그는 스승에게 배운 대로, 그리고 그것을 토대로 경험
한 대로 싸울 뿐이었기 때문이다.

싸울 때 자신의 모습이 어떤지를 그 자신은 본 적이
없는 것이다.

그가 한 걸음 한 걸음 내딛는 것과 같은 거리를 물러
나던 조찬식의 손가락 사이로 칼이 스르르 흘러내렸다.

"제발… 제발… 오지 마라……"

그의 두 다리는 눈에 보일 정도로 후들거리고 있었는
데 그냥 두면 무릎이라도 꿇고 살려달라고 빌 분위기였
다.

걸음을 멈춘 이혁은 가볍게 손가락을 까닥여 조찬식
을 불렀다. 그리고 손짓을 저항하지 못하고 사시나무처
럼 떨며 다가온 조찬식의 오른손을 바람처럼 낚아채 그
손목을 꺾어버렸다.

우드득!

"끄아아아!"

대나무 부러지는 듯한 기괴한 소음과 함께 처절한 비명이 터져 나왔지만 이혁의 얼굴은 아무런 표정 변화가 없었다.

그가 무심한 어조로 말했다.

"칼을 들었으면 언젠가 이런 날이 올 거라는 각오 정도는 했어야지."

거품을 물며 손목을 부여잡고 주저앉는 조찬식을 두고 이혁은 등을 돌렸다.

그의 시선이 남영주를 향했다.

그와 마주친 남영주의 눈은 무거웠다.

상대가 칼을 들었고, 이상우의 팔을 부러뜨리긴 했지만 이혁이 상대에게서 받아낸 대가는 그의 상상을 초월한 것이었다.

상대 셋 다 뼈가 부러졌다.

언뜻 보아도 두세 달은 깁스를 해야 할 정도의 중상이었다.

결과도 결과지만 그 솜씨는… 한편의 영화를 본 것처럼 길게 느껴졌지만 이혁과 세 사내가 싸운 시간은 1분도 채 되지 않았다.

남영주는 자신이 밑져야 본전이라는 생각으로 협약을 맺은 당사자가 얼마나 위험한 인물인지 눈으로 확인한 것이다.

남영주의 시선에 담긴 의미를 알아차리는 것은 어렵지 않았다.

이혁은 쓴웃음 지으며 말했다.

"현장 뒤처리는 네게 맡기겠다. 뒤가 구린 놈들이라 경찰은 염려하지 않아도 될 거야."

크게 숨을 한 번 몰아쉰 남영주가 고개를 끄덕였다.

"고생했다."

"고생이라고 할 것까지야 있겠나."

"소속이 있는 자들 같은데 마무리에 좀 더 신경을 써야 하지 않을까?"

긴장이 밴 음성.

"조직 관련 문제는 내가 알아서 할 테니까 신경 쓰지 마라."

어깨를 으쓱하며 대답한 이혁의 눈길이 남영주의 옆에 선 이상우를 향했다.

그와 눈이 마주친 이상우의 온몸이 대번에 뻣뻣하게 경직되었다.

팔의 고통조차 느끼지 못하는 듯한 표정이었는데 숨을 쉬는 기색도 없었다.

스쳐 지나며 이혁은 이상우의 어깨를 툭툭 쳤다.

"나 조용하게 살고 싶다, 상우야."

"…넵, 형님! 최선을 다하겠습니다!"

이상우의 목소리는 무척이나 컸다. 그러나 어딘지 정신줄을 놓고 있는 것처럼 허공에 뜬 느낌이다.

그는 깨달은 것이다.

전학 초기 이혁과 싸울 때 그가 얼마나 자신들을 봐주었는지를.

정신 나간 듯한 사람은 이상우만이 아니었다.

남영주를 제외한 학생들 전부가 그 자리에 돌로 만든 석상처럼 굳어 있었다.

이혁이 떠난 공터에서 유일하게 흘러나오는 것은 조찬식의 처절한 신음 소리뿐이었다.

제7장

"너, 깡패야?"

세수를 하고 계단을 내려오던 이혁은 현관문 앞에서 그를 물끄러미 바라보고 있는 지윤과 맞닥뜨려야 했다.

시은은 일어나자마자 오정희의 아침식사 준비를 도와 준다며 먼저 1층으로 간 지 오래였고.

이혁이 말없이 그녀와 눈을 마주치자 지윤이 말을 이었다.

"서울에서 온 깡패 세 명을 입원시켰다면서?"

이혁은 혀를 찼다.

은행동에서의 싸움은 이틀 전 일이다.

남영주가 분명 입단속을 했을 거라고 생각했는데 잘

되지 않은 듯했다.

지윤이 어디선가 은행동에서의 얘기를 들은 것이다.

이혁은 오리발을 내밀었다.

"딴사람 얘기겠지."

"너라던데?"

말끝마다 너라고 부르는 지윤의 말투가 마음에 들지는 않았지만 이제는 적응이 되어서 그런지 크게 거슬리지도 않는다.

그나마 버스에서의 일 이후로 그를 보는 지윤의 시선이 많이 부드러워졌다는 걸로 위안을 삼았었는데 지금 그녀의 눈빛은 버스사건 이전으로 돌아간 듯했다.

"그거 물어보려고 날 기다린 거냐?"

이혁이 심드렁하게 묻자 지윤은 입술을 꼭 깨물었다. 그를 보는 눈빛이 강하다.

이혁의 말을 받는 그녀의 음성이 조금 높아졌다.

"나이가 많고, 거친 생활 했다는 게 무슨 훈장이야? 언니 얘기 들으니까 방황하다가 마음잡고 생활하려고 대전에 온 거라며? 그럼 공부를 해야 하는 거 아니야? 적어도 공부하는 척은 하는 게 너를 걱정하는 언니에 대한 보답이잖아. 네가 대전에 와서도 그렇게 싸움이나 하며 겉돌면 언니 마음이 얼마나 아프겠어!"

이혁은 지윤에게서 시선을 떼며 내심 고개를 저었다.

지윤이 그를 기다린 이유를 알았기 때문이다.

지윤은 이혁에게 충고를 해주고 싶었던 모양이다.

이혁이 전혀 원치 않는 방식이었지만 그녀 나름의 관심표명이다.

'이거 잘못하면 시어머니 한 명 생기겠다…….'

지윤은 성격이 사내 같아서 다정다감한 말을 잘 하지 못했고, 표현방식도 거칠었다.

감수성이 풍부한 지수와 자주 싸우게 되는 이유도 그 말투 때문이었다.

지수 말로는 한밭외고에서 여학생들에게 가장 인기있는 사람은 남학생이 아니라 지윤이라고 할 정도로 성구분이 잘 안 되는 성격인 사람이 지윤이었다.

그런 지윤이 이혁을 걱정하고 있는 것이다.

가능한 한 사람들의 관심으로부터 멀어지고 싶다는 생각밖에 없는 이혁으로서는 머리가 아픈 일이었다.

난감해하는 그를 구해준 사람은 오정희였다.

밖에서 들리는 소리에 문을 열고 밖을 내다본 그녀는 지윤이 이혁을 추궁하는 듯하자 바로 두 사람을 불렀다.

"둘 다 뭐 해? 들어와서 식사해야지. 학교 늦겠다."

"예!"

오정희의 부름에 지윤으로부터 벗어나게 된 이혁은 큰소리로 대답하며 집 안으로 들어갔다.

가방을 둘러메고 2층 자기 방을 나서던 이혁은 자신의 뒤를 따라나오는 시은에게 물었다.

"누나, 우한이 애들 문제는 해결된 거야?"

시은이 이혁을 흘겼다.

"조용히 좀 지내. 지윤이 말이 하나도 틀린 거 없어."

이혁은 떨떠름한 얼굴로 입맛을 다셨다.

"들었어?"

"응."

"조용히 지내려고 하다가 그렇게 된 거야."

"알아서 하겠지만 너무 크게 일을 벌이지 않도록 주의는 해. 일을 수습하는 건 어렵지 않지만 소문까지는 어떻게 할 수가 없어."

"알았어. 조심할게."

이혁의 심드렁한 대답을 들으며 시은은 싱긋 웃었다.

"최우한인가 하는 꼬마 일당은 태룡회 소속인 거 같아. 언니에게 부탁했으니 염려하지 마."

이혁이 뒷머리를 긁적였다.

"재은이 누나한테 미안하네. 나중에 내가 맛있는 거 사준다고 전해줘."

시은이 이혁의 옆구리를 주먹으로 툭치며 고개를 젖히고 웃었다.

"언니가 퍽이나 너한테 얻어먹으려 하겠다. 하하하. 네가 사고나 치지 않으면 감사하겠다는 말을 입에 달고 사는 언닌데."

이혁은 혀를 차며 등을 돌렸다.

그의 눈에 마당에서 자신을 기다리고 있는 지수가 보였다.

그와 눈이 마주친 지수가 환하게 웃으며 손을 흔들었다.

"빨리 내려와, 변태오빠. 나 늦었어!"

* * *

뚜벅뚜벅.

거침없이 내딛는 구두굽 소리가 조용하던 지하주차장을 울렸다.

밖은 해가 중천으로 향해 가고 있을 시간이지만 불빛에 의존하는 주차장은 조금 어두웠다.

스포츠머리와 매부리코에 잔혹한 눈매를 가진 사내, 박찬영은 손에 든 차 열쇠를 빙글빙글 돌리며 경쾌하게 걸었다.

그는 자신의 구두와 주차장 바닥이 만날 때 울리는 그 리드미컬한 소리 무척 좋아했다.

멀리 구석에 주차된 자신의 대형승용차가 보이자 그의 걸음이 조금씩 빨라졌다.

아침에 출근하자마자 들은 소식으로 그는 기분이 상해 있었다.

1년 반쯤 전 막내로 받아들인 후 공들여 가르쳤던 녀석들 중 세 명이 반병신이 되어 그를 기다리고 있다는 소식이었기 때문이다.

그의 승용차는 지하를 떠받치는 기둥 바로 옆에 주차되어 있었다. 차에 타려면 그 기둥을 지나야 한다.

우뚝.

기둥을 2미터 정도 앞둔 곳에서 박찬영은 걸음을 멈췄다.

앞에 있는 기둥을 훑는 그의 눈에 음산한 빛이 떠올랐다.

"나를 기다려? 간이 배 밖으로 나왔군. 어떤 놈인지 얼굴 좀 보자."

그의 짜증 섞인 음성에는 여유가 가득했다.

서울을 양분하고 있는 거대 조직 중 하나이자 정조직원 수가 오백에 달한다는 태룡회 내에서도 열 손가락 안에 꼽히는 전국구 파이터가 그였다.

그가 언제든 칼을 맞을 수도 있는 위치에 있으면서도 혼자 다니기를 즐기는 데는 그런 자신감이 깔려 있는 것이다.

"놈이 아니라서 조금 미안한 걸."

맑은 고음.

기둥에 오른쪽 어깨를 기댄 채 박찬영을 보며 말하는 사람은 여자였다.

이십대 중후반쯤의 회색 바지 정장 차림의 여자는 170센티가량의 큰 키에 눈매와 입술선이 선명해서 아름답다기보다는 지적인 느낌을 주었다.

박찬영은 여자를 좋아했다. 그중에서도 지적인 외모의 여자를 좋아했다.

그 자신이 무식한 걸 아는 탓에 그 반작용으로 취향이 그렇게 되었다.

하지만 지적인 외모를 가진 여자라고 무조건 사족을 못 쓰는 건 아니었다.

독가시가 있는 꽃은 피해야 하는 법이니까.

"누구냐?"

박찬영의 목소리에서 여유가 조금씩 사라졌다.

그에게 눈을 부딪쳐 오는 여자에게서는 혹독하게 훈련을 받은 사람에게서나 맡을 수 있는 냄새가 배어 있었다.

여인은 기둥에서 어깨를 떼며 큰 걸음으로 박찬영에게 다가갔다.

그들 사이의 거리가 1미터도 되지 않은 곳에서 걸음을 멈춘 여인은 품에서 지갑을 꺼내어 박찬영의 눈앞에서 한 번 펼쳤다가 접었다.

박찬영의 눈이 커졌다.

"국정원? 내게 볼일이 있는 곳이 아니지 않습니까?"

여인의 정체를 안 그의 음성이 정중해졌다.

조직에 속한 입장에서 검찰이나 경찰도 상대하기 까다롭긴 하지만 국정원은 검경과는 차원이 달랐다.

검경은 재판을 통해 그들의 움직임을 모두 검증받지만 국정원은 그렇지 않은 것이다.

그는 약간 어리둥절한 기색을 내비쳤다.

그가 태룡회의 여러 행동대장 중에서 손꼽히는 거물이라고는 하지만 국정원에서 주목할 정도의 인물은 아니었다.

오만하기 그지없는 박찬영도 그 정도 주제파악은 할 줄 알았다.

"할 일 없이 왔겠어?"

여인은 가볍게 한숨을 내쉬며 말을 이었다.

"지금 다친 애들한테 가는 거지?"

박찬영은 눈살을 찌푸렸다.

국정원 신분증을 보았을 때 여인이 뭔가 거창한 것에 대해서 언급할 줄 알았던 그의 예상이 빗나간 것이다.

"그렇습니다만……."

"그 녀석들 그렇게 만든 사람에 대해서는 잊는 게 신상에 이로와. 조직에도 도움이 되고."

여인의 말에 박찬영의 눈빛이 변했다.

여인의 부탁은 들어주기 어려운 것이었다.

"그놈을 그냥 놔두면 조직의 이름에 누가 됩니다. 걔들에게 내 체면이 뭐가 되겠습니까."

그의 착 가라앉은 말투에서는 살의가 묻어났다.

여인은 피식 웃었다.

박찬영이 그녀의 제안을 받아들일 것은 의심의 여지가 없는 일이었다.

그럼에도 그가 그와 조직의 체면을 언급하는 것은 뭔가 얻어내고 싶다는 뜻. 그러나 그녀는 박찬영 정도의 인물과 거래를 할 생각은 해본 적도 없었다.

그녀의 눈빛이 강해졌다.

"하고 싶은 대로 해도 말리지는 않겠어. 하지만 그 뒷감당은 누가 하게 될까……?"

말끝을 늘어뜨리던 여인이 코를 찡긋거리며 말을 이었다.

"……서복만 회장이 힘들어질 거야. 그만한 일로 서회장을 곤란하게 한다면 오히려 네게는 마이너스잖아? 잘 생각해 봐."

박찬영의 얼굴이 어두워졌다.

여인이 저렇게 말할 정도라면 그의 부하들을 반병신으로 만든 놈과 국정원의 관계가 범상치 않다고 보아야 했다.

여인은 할 말을 다했다는 얼굴이었고, 그의 대답을 기다리지도 않은 채 등을 돌리고 있었다.

또각또각.

그의 발자국 소리와는 다른 맑고 높은 발자국 소리가 지하를 울렸다.

박찬영은 어깨를 늘어뜨렸다.

태룡회의 세력이 강하다고는 하나 국정원이 뒤를 봐주는 놈을 손댈 정도로 무모하지는 않았다.

손봐주는 거야 어렵지 않겠지만 그로 인해 국정원과 척을 지게 된 후 겪어야 할 뒷감당이 힘든 것이다.

더구나 거창한 일도 아니고 이런 사소한 일로 국정원과 틀어졌다는 걸 서복만이 알게 된다면 아무리 그를 아낀다고 해도 목을 비틀려고 할 것이다.

그에게 선택의 여지는 없었다.

*　　　*　　　*

"이혁!"

수업이 전부 끝나고 자율학습에 들어가기 전의 쉬는 시간에 교실의 앞문으로 불쑥 들어오며 이혁을 부른 사람 때문에 교실은 웅성거렸다.

여학생들의 눈은 별처럼 빛났고, 남학생들은 꾸벅꾸벅 인사들을 했다.

들어온 사람이 남영주였기 때문이다.

책상에 머리를 박고 막 잠이 들려던 이혁은 귀찮아하는 기색이 역력한 얼굴로 고개를 들었다.

이혁의 게슴츠레한 시선과 눈을 마주친 남영주가 어깨를 으쓱하며 말했다.

"좀 보자."

"볼 일 없어."

"난 있다."

남영주가 싱긋 웃으며 하는 말에 여학생들 중 절반 정도는 금방이라도 뒤로 넘어갈 듯한 얼굴들이 되었다.

남영주와 이혁을 번갈아보고 있던 채현이 눈을 동그랗게 뜨고 남영주에게 물었다.

"오빠, 무슨 일인데 직접 온 거야?"

남영주는 웃기만 할 뿐 대답하지 않았다.

채현이 알 필요가 없는 일이었기 때문이다.

이혁은 이제는 그의 트레이드마크가 되다시피 한 심드렁한 표정을 숨기지 않으며 자리에서 일어났다.

남영주가 돌아나갈 기색을 전혀 보이지 않은 채 그를 쳐다보고 있었다.

그를 무시하며 죽치고 앉아 있는다고 다시 평화가 올 가능성은 보이지 않는 것이다.

어깨를 나란히 하며 복도를 걷던 이혁이 물었다.

"왜?"

"상우를 그렇게 만든 녀석들을 누가 사주했는지 알아냈다."

이혁이 힐끗 남영주를 보았다.

자신을 향한 이혁의 눈에 순간적으로 스쳐 지나간 차가운 기운을 엿본 남영주는 섬뜩한 느낌을 받았다.

'이 자식은 알다가도 모르겠다. 어떤 게 진짜 모습인지……'

무심한 눈으로 돌아온 이혁이 물었다.

"누군데?"

"준범이라고……"

남영주는 김준범과 권도준 등 대전의 고등학교 일진 짱들 모임인 티엔티에 대해 상세히 설명했다.

그 설명이 끝날 때 즈음 그들은 운동장 구석의 이혁전 용벤치에 앉아 있었다.

"그… 티엔틴지 팬틴지 하는 놈들이 서울 녀석들을 사주했다는 증거는 찾았냐?"

이혁은 자신이 최우한을 비롯한 세 녀석의 뼈를 부러 뜨렸지만 그들이 남영주에게 일을 청부한 자에 대해 불었을 거라는 생각은 하지 않았다.

그 정도로 입이 가벼운 녀석들은 아니었다. 물론, 그가 직접 그들을 다루었다면 결과는 달랐겠지만.

이혁의 질문에 남영주는 고개를 끄덕였다.

"준범이와 찬일이가 이 일을 주도한 것 같다. 상우가 당하기 전 날 저녁에 그 녀석들이 서울 녀석들과 만나는 것을 목격한 친구가 있어."

"호오! 용케 목격자를 찾아냈는걸!"

이혁이 휘파람을 불며 말하자 남영주는 어색한 미소를 지었다.

"대전이 직할시라고는 하지만 지방도시의 특성은 아직도 많이 남아 있다. 겉으로 보이는 것보다 대전은 작은 도시야."

지방의 대도시는 뜨내기에게 큰 도시이지만 토박이들에게까지 그렇게 받아들여지지는 않는다.

한두 사람 건너면 이리저리 연결되는 것이 지방도시의 특성.

대전 또한 그런 지방도시의 특성을 갖고 있었고, 그 특성상 비밀이란 것이 오래 유지되지도 않고, 시작부터 완벽하게 보안이 유지되지도 않는다.

남영주가 말을 이었다.

"준범이 자식이 조심하려고 노력은 한 모양인데 서울에서 온 놈들이 너무 방심했다. 그놈들은 자신들의 행적을 숨기려고 하는 노력조차도 하지 않았어."

이혁은 사정을 짐작할 수 있기에 쓰게 웃었다.

최우한을 비롯한 그 세 명은 대전을 무시한 것이다.

'세상이 얼마나 넓은지 모르는 하룻강아지들이었으니까.'

이혁은 편정호를 떠올렸다.

대전에는 그를 진심으로 감탄케 만든 스트리트파이터도 있는 것이다.

이혁이 물었다.

"어쩔 거냐?"

"그냥 넘어갈 수는 없는 일이다. 이런 일이 재발하지 않도록 만들어야지."

남영주의 안색이 진중해졌다.

"목격했다는 친구가 공개적으로 그걸 밝히겠다고는 하는 거냐? 그렇지 않다면 그놈들은 부인할 테고, 넌 명분을 확보할 수 없을 텐데?"

"내가 보호해 주겠다고 약속했다."

"가능한 약속이야? 상대가 대전 짱들 모임이라며?"

이혁이 재미있다는 얼굴로 묻자 남영주는 눈살을 찡

그렸다.

"약속했다."

짧은 대답.

이혁은 구구절절 설명이 따라오지 않는 남영주의 대답이 마음에 들었다.

"오늘 날 찾아온 이유는?"

이혁의 질문에 남영주는 대답을 바로 하지 못했다.

그는 머쓱한 얼굴로 헛기침을 했다.

"흠흠……."

"ㅎㅎㅎ."

이혁이 입술 사이로 낮은 웃음을 흘렸다.

남영주의 속내를 어렵지 않게 읽을 수 있었기 때문이다.

이상우와 관련된 일은 속전속결해야만 했다.

시간을 질질 끌면 남영주는 티엔티 소속의 학교들과 지루한 장기전을 하게 될 터였고, 그 과정에서 일레븐은 물론이고 사비고의 일반 학생들은 많은 피해를 입을 것이 불을 보듯 뻔했다.

세가 불리한 것이 명백한 상황에서 속전속결 외에 답은 없었다. 그러나 명분이 이쪽에 있다 해도 남영주와 일레븐의 힘만으로 티엔티에 속한 자들의 전투의지를 단시간 내에 꺾는 건 가능하지 않았다.

그것을 인정하고 있었기에 남영주는 이혁을 찾아온 것이다.

"내가 널 찾아온 것은 곤란한 문제가 있어서다."

남영주는 잠시 머뭇거리다가 한숨과 함께 말했다.

"말해봐."

"내가 나서면 그 녀석들은 응하지 않을 거다."

"왜?"

"나하고는 끝을 봐야 한다는 걸 알거든······."

남영주는 바람이 흐트러뜨린 머리카락을 쓸어 넘기며 말했다.

이혁은 피식 웃었다.

그동안 들은 말이 있어서 남영주의 말이 무슨 뜻인지 이해할 수 있었기 때문이다.

"그래서 은행동에서의 일이 소문나는 걸 막지 않은 거냐?"

"소문이 났어?"

남영주는 금시초문이라는 듯 눈을 크게 뜨며 되물었다. 하지만 그 태도가 영 어색하다.

이혁은 풀썩 웃었다.

"오리발은 어울리지 않는다."

"······미안하다."

남영주는 뒷머리를 긁적였다.

어차피 이혁을 속일 수 있으리라고는 생각하지도 않았기에 그의 오리발은 오래가지 않았다.

도통 알 수가 없는 이혁의 성격 때문에 먼저 말을 꺼내기가 어려웠을 뿐이다.

"미안할 거야 있겠냐. 협약이잖아."

이혁은 혀를 찼다. 하지만 한편으로는 차라리 잘되었다는 생각도 들었다.

그는 이상우를 노리는 자들이 있다는 것이 명백해진 이상 마냥 뒷짐만 지고 있을 수는 없다고 생각하던 중이었다.

내키지는 않아도 조만간 움직여야 하지 않을까 고민하던 차에 남영주가 최우한 등을 기회로 삼아 판을 깔아 준 것이다.

남영주가 그에 대한 소문을 막지 않음으로 인해 사비고를 눈엣가시처럼 여기던 자들은 남영주의 졸업 후에도 그의 뜻이 그대로 이어질 가능성이 커졌다는 것을 알게 되었을 터였다.

누구도 예상치 못했던 이혁이라는 변수가 생긴 것이다.

그가 보호한다면 남영주의 이상을 숭배하는 이상우가 어떻게 움직일지는 불문가지였다.

남영주의 뜻이 이어지지 않게 하려면 이상우를 꺾어

놓아야 했다. 그러나 이혁이 보호하는 한 이제 그들은 이상우를 꺾기 이전에 이혁을 처리해야 하는 상황이 된 것이다.

'한꺼번에 모아서 잡으면 차라리 남은 날들이 편할 수도 있겠다.'

이혁은 팔짱을 끼며 운동장 끝에 세워진 축구골대를 보았다.

'……문제는 내가 그 녀석들을 깨버리면 그 녀석들과 연결되어 있을지 모르는 자들이 가만있지 않을 가능성이 크다는 건데…… 나는 영주가 아니니 그 녀석들이 참을 이유가 없지. 일단, 그 녀석들 배후가 있는지, 있으면 어떤 자들인지부터 체크를 좀해봐야겠구나. 미루어두었던 영주 녀석의 배경도 알아보아야겠고… 일을 벌여도 너무 커지는 건 사양하고 싶으니까. 누가 잘 알까… 누나가 도와주면 쉬울 테지만 알면 질색을 하며 뜯어말리려 할 테니 안 되고……. 휴우… 결국 망치밖에 없는 건가…….'

마음을 굳힌 이혁은 엉덩이를 털며 일어났다.

"넌 그 티엔틴지 팬틴지 하는 녀석들 동정이나 파악해 줘."

이혁의 말에 남영주의 얼굴이 환해졌다.

그는 벌떡 일어나 이혁의 어깨를 잡으며 말했다.

"고맙다."

이혁이 한 걸음 뒤로 물러나며 남영주의 손을 털어냈
다.

"손 떼라. 난 남자는 취미 없다는 거 모르냐?"

"하하하하!"

남영주는 크게 웃었다.

그도 이혁의 전학 초기에 있었던 일을 아는 것이다.

이혁이 편정호의 사무실인 고천상사를 찾은 것은 밤
9시가 막 넘었을 때였다.

미리 연락을 해둔 터라 문을 열고 들어서는 이혁은 거
침이 없었고, 안에 있던 사내 여섯 명도 그를 힐끗거렸
을 뿐 막지 않았다.

그들 중 이혁을 직접 본 자는 둘, 하지만 나머지 자들
도 이제는 그가 누군지 안다.

"앉아."

중앙의 상석에 앉아 그를 기다리던 편정호는 인상을
쓰며 이혁에게 자리를 권했다.

그에게 이혁은 결코 반길 수 없는 손님이다.

이혁이 자리에 앉자마자 편정호는 글이 빽빽하게 쓰
여 있는 A4용지 한 장을 건넸다.

종이를 건네받은 이혁이 눈으로 그것을 읽어 내려가

는 것을 보며 그가 툭 던지듯이 말했다.

"도둑놈들이다. 두 놈이 한 쌍인데 솜씨가 꽤 있어. 알아본 바로는 그놈들이 턴 피해자들이 경찰에 신고해서 정식으로 접수된 건만 열 건이 넘는단다. 그거 빼고도 잡아서 털면 수십 건은 가뿐하게 나올 거다. 그놈들은 경찰의 용의선상에도 올라 있는 놈들이고, 들리는 얘기로는 이수하가 속한 강력팀에서도 그놈들을 추적하고 있다고 한다. 확실한 건 아니지만…… 네가 이들의 은신처에 대해 말해도 이수하가 특별히 너를 이상하게 생각하지는 않을 거다. 거기 적혀 있는 장물아비와 물건 숨겨 두는 창고에 대해서 이수하에게 말할 건지 말지는 네가 알아서 하고. 이수하도 이 정도면 입이 벌어질 거야."

이혁의 얼굴이 밝아졌다.

그가 원한 것보다 조금 과한 정보였지만 며칠 전 편정호가 주었던 것에 비하면 학생 신분인 그도 구할 수 있는 충분한 정보였다.

"이걸로 청산된 거지?"

편정호의 물음에 이혁은 웃는 얼굴로 말했다.

"내가 바라던 게 이런 거였어. 아주 적당해. 이걸로 예전 일은 없던 게 되었다."

말을 하고도 자리에서 일어나지 않고 뭉기적거리는 이혁의 태도에 편정호는 내심 고개를 갸웃했다.

몇 번 만나지 않았지만 그가 겪은 이혁은 맺고 끊는 것이 분명해서 볼일이 없는데도 저러고 있을 놈이 아니었다.

그가 물었다.

"볼일이 있는 거냐?"

"그래."

"또 무슨 일? 난 이제 네게 빚진 게 없다는 걸 혹시 까먹은 거 아니야?"

편정호의 말투가 신랄해졌다.

기세도 강해졌다.

한참 나이 어린 놈에게 계속 피동에 몰렸던 것이 그의 속을 긁어놓았던 터였다.

능력만 되었다면 벌써 이혁의 팔다리 하나는 부러뜨려도 시원치 않았을 것이다.

하지만 이혁이 누군가.

그는 편정호의 불편해하는 기색을 신경도 쓰지 않았다.

그는 힘으로 남을 억압하는 것을 좋아하지 않는 만큼 남에게 힘으로 억압당하는 것도 좋아하지 않았다.

사비고에서의 일이나 그의 주변에서 벌어지는 일들이 묘해서 그가 힘을 앞세우는 것 같은 모양새가 되긴 했지만 그것은 그의 본심과는 상관없는 것이었다.

"내가 까마귀도 아닌데 까먹을 리가 있겠어? 이번에는 거래를 할 생각이다. 네게도 나쁘지 않은 조건일 거야. 들어볼 생각 있냐?"

이혁의 말에 편정호는 솔깃한 표정이 되었다.

이혁이 헛소리를 할 거 같지는 않았기 때문이다.

그는 몇 초 정도 이혁을 뚫어져라 보다가 말했다.

"말해봐라. 듣는 거야 돈 드는 거 아니니까."

싱긋 웃은 이혁은 편정호에게 사비고의 상황과 남영주, 이상우, 그리고 다른 학교와 사비고와의 관계에 대해 간략하게 설명을 했다.

5분여 동안 이어진 이혁의 설명이 끝났을 때 편정호는 이맛살을 있는 대로 찌푸리고 있었다.

"남영주나 티엔티라는 이름은 들어본 적이 있다. 하지만 그 꼬마들 사이에 그렇게 복잡한 일이 얽혀 있을 줄은 생각도 못해봤다. 관심도 없었지만."

편정호가 쯧쯧거리며 하는 말에 이혁은 쓴웃음을 지었다.

그가 생각해도 십대들이 겪기에는 꽤 어울리지 않는 상황이었으니까.

편정호가 말을 이었다.

"네가 원하는 게 그거뿐이냐? 남영주의 배후와 그 티엔티에 속한 꼬마들과 연결되어 있는 대전의 조직이 뭔지 알아보는 것?"

"그래."

"거래라고 했으니 너도 내게 줄 게 있겠지?"

"물론."

이혁은 시원스런 음성으로 대답했다.

"네가 전에 내게 준 마약건. 그거 내가 해결할 방법을 강구해 보겠다."

뜻밖의 조건에 놀란 편정호가 허리를 곧추세웠다.

"정말이냐?"

"정말이다."

이혁의 대답은 간결했다.

편정호의 얼굴에 미소가 번졌다.

그는 정신없이 고개를 끄덕였다.

"좋아, 좋아. 거래 성립이다."

이혁도 웃으며 자리에서 일어났다.

그들은 의식하지 못하고 있었지만 그들은 만난 이후 처음으로 동시에 웃고 있었다.

*　　　　　*　　　　　*

"덕성아, 너 3학년 교실에 다녀온 거냐?"

커다란 덩치를 휘저으며 걸어와 옆에 선 김찬욱이 장

덕성에게 물었다.

막 교실로 돌아와 자리에 앉은 장덕성이 고개를 끄덕였다. 그런데 그의 눈빛이 이상했다.

신기루라도 본 것처럼 몽롱한 것이다.

김찬욱이 그런 장덕성의 뒤통수를 손바닥으로 쳤다.

"야, 임마! 이 자식이 아침에 뭘 잘못 먹고 왔나, 정신 좀 차려봐."

장덕성의 눈빛이 정상이 되었다.

그는 인상을 찡그리며 김찬욱에게 고개를 돌렸다.

둘은 성격이 판이하지만 중학교 동창이라 꽤 가까운 사이다.

"왜 때려, 씨블아!"

"어쭈구리! 정신 차리라고 때렸다."

김찬욱이 과장스럽게 어깨를 으쓱하며 말을 이었다.

"너, 3학년에 전학 온 여자 선배 보고 온 거 맞지?"

장덕성이 흠칫한 기색으로 채현의 눈치를 슬슬 살폈다. 하지만 채현은 그들의 대화에 관심이 없는 듯 미간을 찌푸린 채 수학의 정석을 들여다보고 있을 뿐이었다.

그런 채현의 기색에 안심한 장덕성이 보일 듯 말 듯 아래위로 머리를 주억거렸다.

김찬욱의 입이 살짝 벌어졌다.

"야, 정말 전학 온 여자 선배가 그렇게 예쁘냐? 3층이 지금 난리났다고 하던데?"

"죽여준다."

장덕성의 대답은 간단했다. 하지만 대답과 동시에 그의 눈은 게게 풀렸다.

장덕성의 반응을 본 김찬욱은 침을 꿀꺽 삼켰다.

여자라면 미추를 가리지 않는 장덕성이지만 그래도 눈은 높아서 저런 반응을 보이는 경우는 극히 드물었다.

"3학년 선배들 신났겠네⋯⋯."

김찬욱은 입맛을 다시며 중얼거렸다.

그는 항상 자신이 중동에서 태어나지 않은 것을 원망했다.

일부다처제 신봉자이기 때문이다.

그의 신조는 여자는 다다익선이고, 꿈은 주지육림의 하렘에서 사는 것이다.

그들의 대화는 장덕성의 바로 뒷자리에 앉아 턱을 괴고 창밖을 보며 늘어져 있던 이혁의 한 마디로 끝이 났다.

"시끄럽다."

그 말에 장덕성이 배를 툭 치자 김찬욱은 이제는 습관이 되다시피 한 각진 자세가 되었다.

그는 이혁의 눈치를 보며 자신의 자리로 돌아갔다.

이혁은 다시 늘어진 자세가 되었고, 장덕성은 게게 풀

린 눈으로 멍하니 앉아 상념에 잠겼다.

교실의 웅성거림이 이혁의 신경을 거스른 것은 1교시가 끝났을 때였다.

"그녀다……."

이혁의 귀를 가장 거스른 것은 장덕성의 입에서 흘러나온 한 마디였다.

그의 어투는 마치 여우에 홀리기라도 한 듯 몽롱했던 것이다.

거기에 더해 옆의 채현의 반응도 예사롭지 않았다.

"정말 예쁘네. 그런데 저 선배가 왜 우리 반에 왔을까?"

혼잣말.

그런데 왠지 긴장이 묻어나는 듯한 말투였다.

1교시 수업 끝나는 종이 치자마자 책상에 머리를 박고 눈을 감았던 이혁은 눈살을 찌푸리며 상체를 세웠다.

장덕성과 채현의 반응도 그랬지만 교실이 너무 술렁여서 눈을 감고 단잠에 빠질 수 있는 분위기가 아니었다.

학생들의 시선은 교실의 앞문을 향해 있었다.

이혁의 시선도 다른 학생들의 시선을 따라갔다. 그리고 문 안으로 한 발 들어서 있는 여학생을 본 순간 그의 얼굴이 생사대적이라도 만난 사람처럼 확 일그러졌다.

그의 반응은 보통의 경우와는 완전히 달랐다.

그는 남자였고, 여학생은 보는 이의 눈을 휘둥그렇게 만들 정도로 미인이었으니까.

여학생은 167~8 정도 되어 보이는 키에 학생들에게 금지된 웨이브가 약간 가미되어 더 풍성해 보이는 긴 머리를 하고 있었는데, 갸름한 얼굴과 오똑한 코, 석류처럼 붉은 입술이 탐스러웠다.

눈썹과 커다란 눈의 끝이 살짝 올라가서 고양이를 연상시키는 여학생은 몸에 쫙 달라붙는 교복을 입고 있어서 터질 듯한 가슴과 잘록한 허리, 그 아래로 이어지는 히프의 선이 뚜렷한 데다가 치마는 무릎에서 15센티는 올라갈 정도로 짧았다.

교복을 입고 있어 고교생이 분명할 테지만 도저히 학생으로는 보이지 않는 분위기인 여학생이었다.

이혁은 무서운 속도로 고개를 책상으로 박았지만 그 전에 이미 교실을 둘러보던 여학생과 눈이 마주친 뒤였다.

여학생의 눈이 샛별처럼 빛났다.

그녀는 활짝 웃으며 크게 소리쳤다.

"이혁!"

교실은 물을 뿌리기라도 한 듯 조용해졌다.

장덕성과 김찬욱은 넋이 나간 얼굴로 여학생과 이혁의 얼굴을 번갈아 보았고, 채현의 안색은 핼쑥하게 변했다.

마치 모델과도 같은 힘차고 당당한 워킹으로 단숨에 걸어온 여학생은 거리낌 없이 이혁의 어깨에 손을 얹으며 말했다.

"내가 얼마나 널 찾았는지 알아? 소식 듣기 전에는 죽었는 줄 알았다고!"

듣는 이의 귀를 시원하게 하는 맑고 탁 트인 음성.

이혁은 두 팔을 쭉 펴 책상을 짚으며 팔 사이로 머리를 푹 떨어뜨렸다.

낮은 음성이 그 머리 아래서 흘러나왔다.

"연미지…… 새로 왔다는 전학생이 너냐?"

"한 시간밖에 지나지 않았는데 내 소문이 벌써 2학년 교실에까지 퍼졌어?"

생각지 못했다는 내용이 담긴 말이지만 어투는 그것이 당연하지 않느냐는 투다.

고개를 숙인 이혁은 이를 갈았다.

'우한이 이 썩을…… 설마 했는데 정말 알리다니……'

그는 고개를 들었다.

마냥 그러고 있을 수만은 없는 일이었다.

그를 향한 학생들의 곤두선 신경이 느껴졌고, 바늘 떨어지는 소리도 들릴 것 같은 교실 분위기는 말로 표현할 수 없을 정도로 부담스러웠다.

"맘 잡고 공부한다고 들었는데 여기까지 전학은 왜 왔냐?"

"몰라서 물어?"

연미지는 눈을 크게 떴다.

이혁의 한숨이 깊어졌다.

"서울대라도 갈 수 있을 정도로 공부가 늘었다는 애기도 들었는데, 여기는 그런 너한테 맞지 않잖아?"

"네가 여기 있는데 서울대가 문제겠어?"

연미지의 대답은 거침이 없었다.

그럴수록 이혁의 얼굴은 창백해져 갔다.

그들의 대화를 듣고 있는 학생들—남녀불문하고—의 입이 벌어지고 있는 게 그의 시야에 들어왔기 때문이다.

연미지의 얼굴은 더 환해져 있었다.

"그러고 보니까 너도 내 소식을 듣고는 있었구나. 네 성격에 나라는 애는 벌써 잊어버렸을지도 모른다고 걱정했는데… 고마워, 잊지 않아줘서."

이혁은 자신의 입을 한 대 후려치고 싶어졌다.

'내가 미쳤지, 그런 말을 하다니…….'

당황한 탓이었다.

그의 안색이 굳는 걸 본 연미지는 싱긋 웃었다.

이혁의 성격을 너무나도 잘 아는 그녀였다.

더는 그를 곤란하게 하면 그녀도 감당할 수 없는 역효과가 난다.

"갈게. 앞으로 자주 보자고. 혁아, 나 볼 때 너무 박대만 하지 말아줘."

말을 마치며 이혁의 어깨에서 손을 떼는 그녀의 손길이 가늘게 떨렸다. 하지만 이혁만이 그것을 느낄 수 있었을 뿐 그것을 본 사람은 아무도 없었다.

돌아서서 이혁의 곁을 떠나던 그녀는 자신을 올려다보고 있는 채현의 눈길을 의식하고 걸음을 멈췄다.

그녀의 눈빛이 날카로워졌다.

채현은 그녀에 비해 못하지 않은 미모를 갖고 있었다. 게다가 한 학년 아래이니 그녀보다 나이도 어렸다.

그것이 미지를 긴장시켰다.

채현은 이혁의 앞자리에 앉아 있었으니까.

그녀와 시선이 마주친 채현의 커다란 눈망울이 흔들렸다. 그리고 잠시 망설이다가 조심스럽게 연미지에게 물었다.

"저… 언니, 혁이 오빠하고 어떤 사이세요?"

연미지의 입가에 미소가 떠올랐다.

당당하고 자신감이 가득한 그런 미소.

오만하게 보일 수도 있었지만 그녀의 미모가 그 당당한 미소를 오히려 자연스럽게 했다.

그녀가 채현을 내려다보며 말했다.

"나는… 혁이 여자야."

이혁의 안색은 시체처럼 창백하게 변했고, 교실 안은 핵폭탄이라도 터진 것 같은 분위기가 되었다.

넋을 잃은 얼굴로 고개를 숙이는 채현의 눈에 아지랑이처럼 습막이 차올랐다.

제8장

반장의 인사를 받은 김성호가 이혁을 돌아보며 눈을 부라렸다.

　"이혁! 나 좀 보자."

　점심시간, 담임인 김성호의 국사시간이 끝난 후였다.

　김성호는 교무실에 도착할 때까지 털레털레 뒤를 따르는 이혁에게 한 번도 눈길을 주지 않았다.

　심사가 편치 않은 듯했다.

　"앉아봐, 임마."

　맞은편의 간이의자에 앉은 이혁을 향하는 그의 눈에는 곤혹스러워하는 기색이 가득했다.

그가 한숨을 푹 내쉬며 말했다.

"휴우… 이혁, 너 정말 풍파가 무쌍하다. 어떻게 된 거냐?"

이혁은 김성호가 무엇을 묻는지 바로 알아차렸지만 시치미를 뚝 뗐다.

"뭐가 말입니까?"

"이 자식이!"

김성호가 눈을 부릅떴다.

"야, 임마. 너 3학년에 전학 온 연미지하고 무슨 관계야? 연미지가 우리 반에 와서 자기가 네 여자라고 했다면서?"

김성호는 다른 선생들이 들을까 봐 음성은 낮추려 노력했다. 하지만 교무실이 얼마나 넓다고 그의 말을 듣지 못할까.

교무실에 있는 선생들은 킥킥거리며 그와 이혁을 훔쳐보고 있었다.

이혁은 내심 이를 갈며 시선을 바닥으로 깔았다.

아침의 일로 인해 그는 지금 동물원의 원숭이 신세보다 더한 상황에 놓여 있었다.

쉬는 시간마다 3학년 남학생뿐만 아니라 여학생들까지 그의 교실에 내려와 그를 보고 갔다.

"서울에서 알고 지낸 앤데 조금 정신줄 놓고 사는 아

입니다. 신경 쓰지 않으셔도 됩니다."

마음속에 켕기는 게 있는 터라 이혁의 어투는 조금 어눌했다.

"어떻게 신경이 안 쓰여, 임마! 연예인 뺨치게 예쁜 여학생이 수십 명 앞에서 자기가 네 여자라고 위세도 당당하게 말하는 일이 벌어졌잖아! 지금 학교가 말벌집이라도 쑤신 것처럼 술렁거리는 거 안 느껴지냔 말이다!"

말을 할수록 낮았던 김성호의 음성톤이 높아졌다.

흥분한 것이다.

이미 그의 안중에 다른 선생들의 이목 같은 건 있지도 않았다.

이혁은 혀를 찼다.

'말벌집은 무슨⋯ 눈 돌아가는 소리들만 요란하지⋯⋯.'

김성호는 시선을 내리깔고 있는 이혁을 노려보며 씩씩거렸다.

'이 자식⋯ 얼굴도 선이 굵고 몸짱이라 애들이 좋아할 스타일이 아닌데 이상하다⋯⋯. 아줌마들한테나 인기 있을 거 같은데, 의외야. 연미지도 그렇고⋯ 채현이도 이 자식을 좋아한다는 얘기가 들리던데⋯ 음⋯ 부럽다⋯⋯. 생각하면 할수록 열받는구나.'

김성호는 로리 취향하고는 거리가 멀었다.

더구나 제자들을 여자로 볼 정도로 막가는 심성도 아니다. 하지만 최근의 트렌드와 거리가 먼 외모의 이혁이 대전 최고의 미소녀들이라고 해도과언이 아닐 여학생들에게 인기가 있자 질투가 났다.

평범한 외모에 키도 작아서 여자들 사이에 인기가 있었던 적이 한 번도 없는 그의 콤플렉스를 이혁이 자극했기 때문이다.

키 크고 몸짱일 뿐 멍한 구석이 있는, 아무리 살펴봐도 자신보다 나은 조건을 별로 갖추고 있는 것으로 보이지 않는, 이혁이 어렸을 때의 자신과 다르게 인기 있는 현실이 영 마음에 들지 않는 것이다.

김성호는 눈살을 있는 대로 찌푸렸다.

'이 자식을 확 굴려 버릴까……. 하지만 무슨 핑계로 굴리나? 이 자식은 공부만 안 할 뿐이지 아주 모범생이잖아…….'

그의 생각처럼 이혁은 성적만 나쁠 뿐 선생이라면 누구나 원할 정도로 모범적인 학생이었다.

칼등교 칼하교에 수업시간 절대참석, 수업 중엔 쥐 죽은 듯 조용, 자율학습 노땡땡이에다가 그가 있음으로 인해 김성호의 반은 누구도 힘자랑을 하지 못하는 면학분위기가 완벽하게 조성되어 있었다.

같은 반에 있는 학년 짱 이상우조차 숨도 제대로 못 쉬고 있지 않은가.

굴리고 싶어도 꺼리가 없었다.

객관적으로 볼 때 담임의 입장에서는 오히려 이혁을 격려해 주는 것이 옳은 상황이다.

"이혁."

"예."

"연미지 어쩔 거냐?"

"예?"

"아침 분위기로는 이런 센세이셔널한 일이 자주 벌어질 수도 있을 거 같다고 모두가 걱정하고 있단 말이다. 다른 학교에 소문이라도 나봐! 우리 학교를 다들 콩가루로 볼 거 아니냐고, 이 자식아!"

이혁은 허리를 바로 했다.

김성호의 염려는 기우였다.

연미지가 아침에 이혁의 교실을 찾아온 것은 자신이 전학 왔다는 것을 그에게 각인시키기 위함일 뿐이었다.

그런 상황이 재개될 가능성은 없었다.

연미지는 자존심이 강했고, 이혁의 성격을 잘 알고 있었으니까.

이혁은 자신을 노려보는 김성호의 눈을 피하지 않으며 말문을 열었다.

"오늘 아침과 같은 일이 다시 발생하지 않도록 하겠습니다. 그건 염려하지 마십시오. 다시 이런 일이 발생한다면 선생님의 어떤 처벌이라도 받겠습니다."

딱 부러지는 어투.

김성호는 입맛을 다시며 고개를 끄덕였다.

더 이상 이혁을 다그친다고 해서 답이 나올 일이 아닌 것이다.

고래로 제삼자가 개입해서 뜻하는 대로 되지 않는 일들 중 첫손가락 꼽히는 것이 남녀상열지사가 아니던 가.

그날 학교에서 이혁의 고난은 김성호로 끝나지 않았다.

수업이 모두 끝난 후 자율학습이 시작되기 전 이혁은 채현에 의해 밖으로 끌려 나가야 했다.

손목을 잡아끄는 채현의 분위기가 원체 무거워서 뿌리칠 생각도 하지 못했다.

전학 와서 채현을 안 이후 그녀의 이런 분위기는 처음이었다.

채현은 학교 건물 뒤편의 학생들이 없는 곳에 와서야 이혁의 손목을 놓았다.

"손목에 멍들겠다."

손목을 이리저리 돌리며 어색하게 말한 이혁은 채현에게서 시선을 떼었다.

그를 올려다보는 눈물이 그렁그렁한 채현의 눈을 마주 보기가 겁이 났기 때문이다.

'이놈이 무슨 말을 하려고 이렇게 분위기를 잡는 거냐……'

"오빠……"

이혁을 부르는 채현의 음성은 착 가라앉아 있었다.

"왜?"

"그 언니… 하고 어떤 관계인지 물어봐도 돼요?"

"안 돼."

이혁의 단호한 한 마디에 채현의 눈에 고여 있던 눈물이 뺨을 타고 흘러내렸다.

이혁은 흠칫했다.

자신이 한 말에 채현이 우는 이유를 이해하기 어려웠지만 우는 거 자체만으로도 그에게는 무시무시한 위협이었다.

그는 채현의 어깨를 잡고 그녀와 눈을 맞추며 말했다.

"야… 야… 울지 마. 내가 뭐랬다고 우는 거야. 그쳐, 임마!"

"흑흑……"

이혁은 어깨를 늘어뜨렸다.

"채현아, 그녀에 대해서는 굳이 알 필요가 없어. 내 개인적인 부분이야. 지난 시절의 일이고."

"흑흑… 그 언니… 는… 전혀 그런 거 같지가… 않았잖아요……."

'그런데 이놈이 미지와 내가 어떤 사인지에 대해 왜 이렇게 관심이 많아?'

이혁은 속으로 고개를 갸우뚱했다.

먼저 접근한 건 채현이지만 이제는 그도 그녀를 아꼈다.

살갑게 다가서는 착하고 예쁜 소녀.

어떻게 매몰차게 대할까.

그럴 이유도 없었고.

하지만 그가 채현을 여자로 아끼는 건 아니었다.

아직 그에게 채현은 정이 가는 후배 이상의 의미는 없었다.

다른 곳이었다면 채현을 대하는 그의 마음이 달라졌을 수도 있었다. 그러나 이곳에서는 아니었다.

그가 몸담고 있는 곳은 학교인 것이다.

게다가 남녀관계에 대한 그의 감각은 시은도 감탄할 정도로 무뎠다.

임무와 싸움에 필요한 감각과 여자를 상대할 때 필요한 감각은 공통분모가 전혀 없다는 걸 그는 시은에게 몸으로 증명한 사람이다.

그의 미간에 골이 패였다.

"미지가 어떻게 나오든 나하고는 상관없는 일이다. 과거는 과거이고 추억은 추억일 뿐이야. 추억이 현재가 되는 것이 항상 반가운 건 아니다. 그러니까 너도 그녀에 대해서는 더 이상 말하지 마라. 미지를 떠올리는 건 내게 그리 유쾌한 일이 아니야."

이혁의 말이 지면에 낮게 깔렸다.

가슴을 파고드는 묵직한 음성.

채현의 눈물이 조금씩 가늘어졌다.

그녀는 자신을 내려다보는 이혁의 눈치를 살짝 보았다.

흑백이 뚜렷하고 흔들림이 없는 시선이다.

그녀는 눈물을 닦으며 배시시 웃었다.

그녀도 이제는 이혁의 성격을 어느 정도 안다, 그가 빈말을 하지 않는다는 것도.

이혁은 한남대 도서관 앞 계단에 앉아 밤하늘을 올려다보았다. 유명한 라디오프로그램의 명칭처럼 별이 쏟아질 것 같은 밤이었다.

산과 산 사이에 건물이 있을 정도로 넓은 교정이라 밤의 한남대 분위기는 약간 괴괴했다.

가로등과 건물에서 흘러나오는 불빛과 오가는 학생들이 없었다면 으스스했을 것이다.

밤 9시가 조금 넘고 있었다.

그는 자율학습을 땡땡이치고 이곳에 왔다.

그에게는 드문 날이었는데, 두 가지 이유가 있었다.

하나는 아침에 있었던 연미지 사건(?) 때문에 자신에게 쏠리는 학생들과 선생들의 이목이 귀찮아서였고, 다른 하나는 약속이 있었기 때문이다.

약속 시간은 9시였다.

지난 것이다. 하지만 이혁은 조급해하지 않았다.

그와 약속한 사람은 이수하였다.

언제 무슨 일이 터질지 모르는 강력팀 형사가 제 시간에 약속장소에 도착하기를 바라는 것은 무리한 일이었다.

이혁은 계단에 팔베개를 하고 누웠다.

딱히 집중해야 할 일이 없어서인지 그의 머릿속은 여기저기서 튀어나오는 상념들로 홍수를 이루고 있었다.

'미지……'

그녀를 생각하자 자연스럽게 그날의 기억이 떠올랐다.

그는 눈살을 찌푸렸다.

그의 등을 사선으로 가로지른 검상(劍傷)이 다시 쑤셔오는 듯했기 때문이다.

'미지가 여기까지 온 걸 보면 그날 일을 전혀 모르고 있구나.'

이혁은 혀를 찼다.

미지와의 만남은 평범했지만 헤어짐은 극적이었다.

그래서 그는 되도록 그녀와의 일을 떠올리지 않으려 노력하며 2년여를 보냈다.

그녀는 모를 것이다.

그가 그동안 얼마나 인내심이 늘었는지.

이혁은 미지를 머릿속에서 지웠다.

생각할수록 머리가 아픈 사람, 그녀가 연미지였으니까.

도발적인 모습의 미지가 사라진 빈자리에 이수하의 건강하고 활기찬 모습이 나타났다.

'그런데… 이건 좀 이상한 거 같아…….'

이혁의 이마에 가는 주름이 잡혔다.

'내가 굳이 그녀의 환심을 사야 할 필요가 있을까? 버스에서의 사건 이후 이 형사는 내게 호감을 갖게 된 거 같은데… 이렇게까지 그녀에게 서비스하는 건 오히려 오버가 아닐까? 그녀와 같은 사람이 은행동에서의 일을 계속 마음에 담아두고 나를 괴롭힐 거라는 건… 고교생이 맥주 한잔한 게 무에 그리 큰일이라고… 이미지 매치가 잘 안되잖아…….'

이혁은 떨떠름한 얼굴이 되었다.

자신이 생각해도 지금 하는 생각이 맞는 듯했기 때문이다.

은행동에서의 일 이후 그가 이수하의 환심을 사려한 건 자연스러운 일이었다. 그러나 등굣길에 버스에서 있었던 사건 이후에도 그 생각을 계속 갖고 있었던 것은 자연스럽지 못했다.

'그렇다고 치면… 내가 왜 여기 있는 거지?'

그의 이마에 잡혔던 주름이 굵기를 더했다.

편정호를 통해 심력과 시간을 쏟아부으면서 정보를 얻어 여기까지 온 행동을 그 자신도 이해하기 어려워진 것이다.

그때였다.

그의 눈앞에 있는 듯했던 별들이 사라지며 긴 그림자가 그의 얼굴을 덮었다.

"늦어서 미안. 그런데 무슨 생각을 하고 있기에 사람이 온 것도 모르는 거야?"

이수하가 허리를 반쯤 숙이고 그를 내려다보며 싱긋 웃고 있었다.

이전과는 달리 묶지 않아 폭포수처럼 쏟아진 머리카락 사이로 음영이 짙게 드리운 그녀의 얼굴이 이혁의 눈에 들어왔다.

'어… 어… 어… 예쁘네…….'

이혁은 불현듯 든 생각에 찬물을 한 바가지 뒤집어쓴 것처럼 정신이 번쩍 났다.

지금까지 그는 여자에게서 이런 느낌을 받은 적이 한 번도 없었다.

더구나 상대는 평범한 여자도 아니었다.

이수하가 보기 드물 정도로 예쁜 건 그도 부인하지 않았다. 하지만 그녀는 그보다 한참 연상에 산전수전공중전에 더해서 백병전을 겪으며 산다는 강력팀 형사라는 직업을 가진 여자였다.

이 무슨 끔찍한 생각인가.

질겁한 그는 총알처럼 상체를 일으켰다.

"언제 온 겁니까?"

"지금."

이수하는 이혁의 옆에 앉았다.

그녀는 몸에 붙는 검푸른색 티에 같은 색깔의 얇은 반팔 셔츠를 입고 단추를 풀어놓았다.

바지는 언제나와 같은 통이 큰 얇은 검은색 면바지. 그리고 하이힐이다.

달라붙는 티로 인해 윤곽이 확연하게 드러난 그녀의 봉긋한 가슴선이 현기증을 불러일으켰다.

"그런데 너 무슨 생각하고 있었기에 그렇게 당황하는

거야?”

이수하의 질문에 이혁은 입만 뻥긋거릴 뿐 대답을 제대로 하지 못했다.

그녀의 말처럼 그는 당황하고 있었으니까.

스스로 생각해도 황당하기 그지없는 감상을 그가 억누르는 데는 10여 초의 시간이 더 필요했다.

장난스럽게 갸우뚱하며 그를 바라보는 이수하의 시선을 피하던 이혁은 어느 정도 평정을 되찾은 후 퉁명스럽게 말했다.

“갑자기 나타나서 조금 놀랐던 겁니다. 당황은 무슨……”

“어쭈… 그렇게 말하니까 더 이상한 걸. 너 분명히 당황하고 있었다고!”

이수하가 재미있어 하며 말꼬리를 잡고 늘어질 듯한 기색이자 이혁은 안색을 있는 대로 굳혔다.

‘내가 미쳤지……’

그러나 그가 아무리 인상을 굳혀도 이수하는 재미있어하기만 할 뿐 그의 기색을 신경 쓰는 빛이 보이지 않았다.

강력팀 형사가 고교생이 인상 좀 쓴다고 어려워할 리가 없는 것이다.

그녀가 말했다.

"형부가 너 때문에 골이 뽀개지겠다던데?"

이혁의 굳은 얼굴이 확 일그러졌다.

김성호가 그새 연미지의 일을 이수하에게 말한 듯했다.

그는 계속 이어질 것 같은 이수하의 말을 도중에서 잘랐다.

그냥 두면 얘기가 어디까지 풀릴지 몰랐다.

"줄 게 있어서 만나자고 한 겁니다. 장난할 시간 없다구요."

이수하는 입맛을 다셨다.

그녀와 이혁의 첫 만남은 특이했고 그 후에도 만날 때마다 이혁은 그녀에게 늘 새롭고 재미있는 모습(?)을 보여주었다.

그래서인지 그녀는 이혁의 만나자는 연락을 받고 나오며 오늘은 그가 어떤 모습을 보여줄지 은근히 기대했었다. 그리고 이혁은 오늘도 어김없이 그런 그녀의 기대를 충족시켜 주었다.

그런데 그 충족의 시간을 이혁이 끝내자고 하는 것이다. 아쉬울 수밖에. 하지만 그녀도 고교생과 장난이나 하며 놀고 있을 정도로 한가하지는 않은 터라 금방 진지한 얼굴이 되었다.

"뭔데?"

이혁은 호주머니에서 메모지 한 장을 꺼내 이수하에게 건넸다.

"이거 뭐야?"

빙긋 웃으며 별생각 없이 그것을 건네받아 읽어 내려가던 이수하의 안색이 변했다.

몇 줄 되지 않는 내용이라 순식간에 메모지의 내용을 읽은 그녀가 고개를 홱 돌려 이혁을 보았다.

보는 이의 가슴을 섬뜩하게 만들 정도로 날카롭고 강한 눈빛이었다.

"이거… 어디서 났어?"

"전에 이 형사님이 말했던 대로 나, 그렇게 편하게 살아온 놈은 아닙니다."

이수하는 인상을 썼다.

이혁이 사실대로 말할 생각이 없다는 걸 어렵지 않게 알 수 있었다.

"그렇다 치고, 왜 이런 정보를 내게 주는 거지? 구하기 어려웠을 텐데?"

이혁은 심드렁한 표정으로 대답했다.

"이 형사님이 은행동에서의 일을 선생님께 말하지 않은 것에 대한 보답입니다."

"응?"

이수하는 눈을 크게 떴다.

그녀는 은행동에서의 일을 잊은 지 오래되었다.

무슨 큰일이라고 사건에 치이는 강력팀 형사가 그런 일을 머릿속에 담아두겠는가.

그래서 그녀에게 이혁의 대답은 더 뜻밖이었다.

이수하의 날카롭던 눈빛이 부드러워졌다.

"결초보은한다는 거야?"

"뭐… 그렇게 보셔도 됩니다."

이혁은 멋쩍게 웃으며 이수하의 말을 받았다.

이수하는 새삼스럽다는 눈으로 이혁을 보았다.

경찰에 입문한 후 온갖 부류의 인간들을 상대해 온 그녀도 이혁과 같은 사람은 처음이었다.

은행동에서의 일처럼 사소한 일에 대한 보답으로 이혁이 가져온 정보의 가치는 너무 컸다.

메모지에 적힌 것은 늘 함께 움직이는 절도범 둘의 신상명세와 그들의 거주지였다. 그리고 그 둘은 그녀가 한 달 넘도록 추적하고 있는 자들이기도 했다.

그녀는 마음이 찜찜해졌다.

그녀는 세상의 가장 험한 구석을 경험한다는 직업을 가진 여자다.

순수하게 타인의 호의를 받아들이기에는 그녀가 겪어 온 세상이 너무 지저분했다.

"내게 바라는 게 있어?"

"없습니다. 답례라니까요."

이혁은 대답을 한 후 자리에서 일어났다.

그는 흐트러지려는 호흡을 다잡았다.

이수하의 옆에 앉아 있는 것이 힘들었다.

호흡만 흐트러지는 것이 아니었다.

온몸에서 열도 나고 있었다.

'몸이 왜 이러지? 마치 주화입마 초기 증상 같잖아……'

이혁은 겉으로 드러내지 않으려 애쓰고 있었지만 드물게 당황하고 있었다.

평소와는 달리 몸이 이상했기 때문이다.

피가 허리 아래(?) 쪽으로 뭉치는 기분이었다.

다른 사내라면 몰라도 그에게 이런 일은 벌어질 수 없는 것이었다.

그는 평범한 사내가 아니다.

스승으로부터 배운 것이 그를 평범하지 않게 만들었다.

그 배움은 심신을 제어하는 것을 기본으로 삼는다.

이미 정(精)과 기(氣)를 제어할 수 있는 경지에 도달한 그가 이런 경우를 마지막으로 겪은 건 1년도 더 전이었다.

'설마……'

이쯤 되면 제아무리 여자에 둔감한 이혁이라도 무언가 느끼는 것이 없을 리 없었다.

이혁은 내심 고개를 휘휘 내저었다.

'내가 진짜 변태가 되어가나 본데…… 대전터가 정말 무섭네……. 멀쩡한 사람을 불과 몇 달 만에 변태로 만드는구나…….'

그가 내린 결론이었다.

그는 보통 사람이 평생을 살아도 할 수 없는 경험을 무수히 했다. 그러나 아직 열아홉이었다. 그리고 그는 똑똑했다. 하지만 천재라고 할 수는 없었다.

나이와 시대를 초월하는 통찰력을 갖고 있지는 못한 것이다. 그래서 나이가 갖는 한계의 일부는 아직 그에게 남아 있었다.

그런 그가 갑작스럽게 찾아온 낯선 감정, 그것도 비정상적인(?) 상대에 대한 감정을 한순간에 온전히 이해하고 수긍하는 것은 무리가 있었다.

그래서 결론이 이상한 방향으로 틀어졌던 것이다.

그가 벌떡 일어나자 얼결에 같이 일어난 이수하가 물었다.

"가려고?"

"예."

"이대로 그냥?"

"제가 줄 건 다 줬습니다."

"못 가."

"왜요?"

"이 정보가 사실인지 확인해 봐야 할 거 아니야."

"믿지 못하겠다는 겁니까?"

"눈으로 봐야 믿지. 덜렁 몇 글자 적힌 쪽지 주고 믿어라 그러면 믿어지겠어? 더구나 미성년자가 준 건데?"

억지였다.

어떤 사건이든 정보를 얻은 이후는 경찰의 몫이다.

"정보를 확인하는 건 이 형사님이 해야죠. 왜 내가 같이 가야 합니까?"

이혁은 일단 뻗대 보았다.

"얼래? 무슨 사내놈이 이래? 연약한 여자한테 일을 미루려는 거야? 일을 벌였으면 끝까지 책임을 져야지."

이수하는 곱게 이혁을 보낼 기색이 아니었다.

'연약한 여자? 말도 안 되는······.'

속으로 투덜거리는 이혁의 눈가에 갈등의 빛이 스쳐지나갔다.

상대가 다른 사람이었다면 무슨 소리를 하든 벌써 갔을 그였다. 그런데 오늘은 이상하게도 발바닥에 아교라도 칠한 것처럼 발이 떨어지지 않았다.

"어쩌라고요?"

이수하는 싱긋 웃었다.

"호호호, 뭘 어째. 같이 가는 거지."

이수하는 이혁의 어깨를 잡아끌었다.

끌려가는 이혁의 얼굴이 묘했다.

어깨가 마치 전기에 감전된 듯했기 때문이다.

이혁의 한 걸음 앞에서 걷는 이수하의 얼굴도 묘했다.

'저 녀석 말이 맞긴 맞는데… 왜 내가 굳이 저 녀석을 데리고 가려고 하는 거지……? 이대로 저 녀석을 그냥 보내고 싶지 않아……. 왜지?'

하지만 의문은 곧 그녀의 뇌리에서 사라졌다.

이혁이 준 정보대로라면 그녀가 한 달 넘게 추적해 왔던 놈들을 잡을 수 있을지도 몰랐다.

그녀에게 지금 사소한 의문의 꼬리를 붙잡고 있을 마음의 여유는 없는 것이다.

이혁을 옆자리에 태운 이수하의 RV차가 30분 넘게 달려 도착한 곳은 유성의 외곽에 있는 주택가였다.

담장과 담장이 이어지며 기역자로 꺾인 골목의 모서리에 마침 빈자리가 있었다.

운이 좋다고 중얼거리며 그곳에 이혁이 있는 조수석

을 담장 쪽으로 돌려 차를 들이민 이수하는 시동을 껐
다.

가로등에서 먼 곳인데다 그녀의 차는 전면 유리창까
지 선팅이 되어 있어서 밖에서는 안이 전혀 보이지 않았
다.

잠복을 위해 일부러 진하게 한 선팅이다.

그녀의 시선은 50미터쯤 떨어져 있는 골목 끝의 2층
짜리 아담한 단독주택에 고정되어 있었다.

건물은 평수가 25평 정도밖에 되지 않았지만 담장이
2미터가 넘었고, 담장과 건물 사이에는 3미터 정도의
빈 공간이 있었다.

침입하기 쉽지 않은 구조다.

"도둑질도 직업이라고 이 잡놈들돈 좀 벌었는가 보
네."

이수하는 어이없어하며 중얼거렸다.

그녀가 보는 2층 주택이 그녀가 한 달 넘게 추적하고
있는 이 인 일 조의 특수절도범, 민영구와 박대복의 아
지트였다.

주택은 불이 켜져 있었고, 2층에서는 움직이고 있는
사람의 실루엣도 보였다.

조수석에 앉은 이혁은 영 불편한 기색이었다.

도살장에 끌려가는 소처럼 이곳까지 끌려온 그였다.

편안할 리가 없었다.

그가 말했다.

"대충 확인은 된 거 같은데 저는 가도 되죠?"

이수하가 그를 돌아보았다. 잡념이 엿보이지 않는 강한 눈이었다.

"그래. 가. 고마워."

말이 끝나자마자 바로 주택으로 고개를 돌리는 이수하의 모습에서 오히려 가슴이 허전해진 이혁은 차문의 손잡이를 잡은 손에 힘을 주지 못하고 주춤거렸다.

주택에 시선을 둔 채로 골똘히 뭔가를 생각하는 듯하던 이수하가 이혁의 기척에 의아하다는 얼굴로 물었다.

"안 가고 뭐 해?"

"그러는 이 형사님은 왜 지원요청을 하지 않습니까? 혼자 잠복할 겁니까?"

이수하는 어깨를 으쓱했다.

"의심스럽기는 하지만 그 자식들 얼굴을 못 봤잖아. 확실하게 확인하고 지원요청할 거야. 만약 저 안에 있는 놈들이 그 자식들이 아니면 망신이니까."

이혁은 눈살을 찌푸렸다.

"혼자 있다가 위험해질 수도 있습니다."

"지금 우리 팀 직원들은 다른 곳에서 잠복 중이야. 나도 그곳으로 가기 전에 잠깐 너를 만났던 것이고. 이 일이 아니었으면 나도 그곳으로 갔어야 해. 그런 사람들을 불러들이려면 어중간한 정보로는 안 돼."

이혁은 그녀의 차를 타고 오던 중에 그녀가 다른 직원과 통화하던 내용이 떠올랐다.

그때 그녀는 상대방에게 갑자기 급한 일이 생겨서 늦을 거 같다고 말했었다.

다른 경찰서 관할지역이라서 그런지 이수하는 이 지역 경찰에 지원요청을 할 생각은 전혀 하지 않는 기색이었다.

대화가 끝났는데도 이혁은 차에서 나가지 않았다.

"안 가?"

"졸리면 깨울 사람이 필요할 거 같아서요."

이혁은 심드렁한 어투로 말하고 의자를 뒤로 젖히고 누웠다.

피식 웃으며 고개를 돌린 이수하는 이혁을 내버려 두었다.

고등학생을 데리고 잠복한다는 게 꺼림칙하긴 했다. 하지만 한편으로는 혼자 있으면 심심할 것도 같았는데 잘됐다는 생각도 들었다.

내심 이혁이 가지 않았으면 하는 마음도 있었다. 물론, 그녀는 그런 상념이 떠오르자마자 쓸데없는 생각이라며 털어냈지만.

이혁은 퍼지게 눕고 이수하는 의자에 등을 기댄 채 주
택을 지켜보는 가운데 시간이 흘렀다. 변화가 생긴 것은
한 시간 정도가 지났을 때였다.

중형 승용차 한 대가 골목으로 들어오더니 이수하의
차 옆을 지나 2층 주택의 정문 앞 빈자리에 주차했다.

운전석에서 내린 사람은 어둠 때문에 얼굴은 드러나
지 않았지만 170 정도의 키에 수수깡처럼 마른 사내였
다.

옆을 지나갈 때 운전석의 사내를 얼핏 보고 긴가민가
하던 이수하는 사내의 체형을 보자 확신할 수 있었다.

"민영구……."

지루함 탓에 흐릿해져 가던 그녀의 눈빛이 강해졌다.

눈을 감고 있던 이혁도 눈을 뜨고 주택을 보았다.

사내는 벌써 대문 안으로 들어간 뒤라 보이지 않았다.

이수하는 흥분한 얼굴이었다.

그녀는 핸드폰을 꺼내어 버튼을 눌렀다.

확인이 됐으니 동료들을 부를 시간이었다. 하지만 그
녀는 미처 버튼을 다 누르지 못하고 핸드폰을 덮어야 했
다.

주택의 불은 꺼지지 않았는데 대문이 다시 열리더니

두 명의 비쩍 마른 사내가 가방을 하나씩 둘러메고 나와 문 앞에 주차된 차에 탔기 때문이다.

그녀는 긴장했다.

민영구와 박대복이 들고 나온 가방은 도둑질할 때 사용하는 장비가 들어 있다고 보기에는 지나치게 컸다.

"이 새끼들… 아지트를 이동하려는 건가?"

그녀가 중얼거릴 때 이혁의 안색은 다른 의미로 굳었다.

두 사내가 탄 차량이 골목을 벗어나려면 되돌아 나와 이수하의 차를 지나가야 했다.

그래서 시동이 걸린 승용차가 그들이 있는 곳으로 오는 건 이상한 일이 아니었다.

승용차의 헤드라이트 불빛에 노출될 것을 우려한 이수하가 허리를 숙여 코를 누워 있는 이혁의 배에 박은 것도 이상하지 않았고.

하지만 간신히 두 대가 교행할 정도밖에 안 되는 폭의 골목길을 달리는 자동차가 시동을 걸자마자 스포츠카처럼 튀어나온 것은 이상하지 않을 수 없었다.

부릉, 부릉, 부우우웅.

요란한 엔진소리가 고요하던 골목을 울렸다.

승용차와 이수하의 차가 주차된 곳까지의 거리는 50미터. 짧다고 할 수 없는 거리다. 하지만 승용차가 달려

오는 속도를 고려하면 이수하의 차까지 도달하는 데 불과 2, 3초도 걸리지 않을 거리였다.

'빌어먹을, 내 일이 아니라고 너무 방심했다……. 발각됐다!'

기역 자로 꺾인 골목에 주차한 이수하의 차 측면과 절도범들이 탄 승용차의 정면은 90도 각도였다.

이혁은 무서운 힘으로 이수하의 허리를 잡아 자신의 오른쪽으로 당겼다. 그리고 자신이 누운 자리에 눕힌 그는 그녀의 위를 전신으로 덮었다. 차 안의 좁은 공중에서 번개처럼 이루어진 체인지.

"컥!"

이혁의 가슴에 얼굴이 눌린 이수하가 숨막혀하며 눈을 크게 떴을 때 격렬한 충격이 그들이 탄 차를 뒤흔들었다.

쾅!

이수하의 차는 덜컹이며 공중에 떠오르면서 옆의 담장을 들이박았다.

이수하를 안은 이혁의 몸도 차의 면과 거칠게 충돌했다가 떨어졌다.

이혁이 몸으로 충격을 고스란히 받아준 덕에 이수하는 멍할 정도로 골이 흔들리기는 했어도 정신을 잃지는 않았다.

그녀의 안색이 변했다.

그녀가 앉았던 운전석 쪽은 안으로 4, 50센티가 밀려들어 와 있었다.

그녀가 운전석에 앉아 있었다면 어떤 꼴이 되었을지는 상상할 필요도 없었다.

부르릉.

그녀의 차를 들이받았던 승용차가 후진하고 있었다. 틀어지는 승용차의 보닛은 골목의 밖을 향하고 있었다.

절도범들은 그녀의 차를 더 들이받을 생각이 없는 듯했다.

승용차의 앞부분도 많이 찌그러져 있었고 흰 연기도 피어오르는 것으로 보아 더 이상의 충격은 그들에게도 무리일 터였다.

이수하의 위에 올라탄 채 고개를 돌려 승용차 안을 본 이혁은 이를 갈았다.

어둠 속에서도 운전석에 탄 자의 입가에 흰 선이 그어지고 있는 것을 보았기 때문이다.

상대는 그들을 비웃고 있었다.

'이런 개자식들이!'

이혁의 눈빛이 얼어붙었다.

그들의 비웃음 때문인지 이수하가 죽을 뻔했기 때문

인지 이유는 모호했지만 그로서는 대전에 내려온 후 처음이다 싶을 정도로 무섭게 분노했다.

이혁은 오른손으로 몸을 지탱하며 발로 전면유리창을 걷어찼다.

퍽!

조각조각 갈라진 채 우그러져 있던 유리창의 그의 발에 실린 힘을 견디지 못하고 공중으로 튀어나갔다.

그와 함께 이상한 신음 소리도 났다.

"흑!"

이수하의 억눌린 신음 소리에 시선을 내린 이혁은 자신의 오른손이 이수하의 솟아오른 가슴을 누르고 있는 것을 볼 수 있었다.

그의 손아귀 아래 이수하의 가슴이 형편무인지경으로 찌그러졌다.

지지대를 엉뚱한 곳으로 삼은 것이다.

이수하는 소리를 지르려고 했다. 하지만 자신을 내려다보는 이혁의 눈과 마주친 그녀는 마치 재갈을 물리기라도 한 것처럼 입을 열지 못했다.

눈과 눈이 마주친 그 순간은 찰나였다. 하지만 무심하면서도 강렬하게 빛나는 이혁의 눈은 지금까지 그녀가 알던 그의 눈과는 전혀 달랐다.

그의 눈에 어린 기이한 빛… 금방이라도 폭발할 것

같은 광기와 가슴을 저미는 허무…….

그녀는 살아오며 지금 이혁의 눈과 같은 분위기의 눈을 가진 사내를 본 적이 없었다.

그녀는 조금 전과는 다른 의미에서 숨이 막혔다.

그녀는 의식하지 못하고 있었지만 이혁의 눈빛과 그의 전신에서 흘러나오는 기세에 압도당하고 있었다.

"여기 있어!"

이혁은 후려치듯 말했다.

반말.

그러나 말을 하는 이혁도 그 말을 듣는 이수하도 전혀 그것을 어색하거나 이상하게 여기지 않았다.

상황은 급박했고, 지금 그 상황을 지배하는 사람은 이수하가 아닌 이혁인 것이다.

이혁의 손이 유리창이 떨어져 나간 차의 전면 천장 모서리를 잡는가 싶더니 그의 몸 전체가 가공할 속도로 차를 빠져나갔다.

상체를 반쯤 일으키던 이수하는 눈 깜짝할 사이에 자기 차의 찌그러진 보닛 위에 올라선 이혁을 볼 수 있었다.

그다음에 이어진 것은 직접 본 그녀도 믿기 어려운 장면이었다.

이혁이 보닛 위에 섰을 때 민영구와 박대복의 차는 방

향을 틀어 2미터 정도를 진행하고 있었다.

이수하의 차 보닛과 민영구의 차 트렁크가 교차했다.

보닛을 걷어찬 이혁은 골목의 바깥쪽으로 주차된 차량들을 밟으며 앞으로 뛰었다.

세 번째 차량의 트렁크의 모서리를 밟은 그의 신형이 무서운 속도로 허공을 한 바퀴 돌며 뒤로 튀어나왔다.

공중제비를 도는 그의 신형이 곧추선 송곳처럼 되었을 때 민영구가 모는 승용차가 그의 발밑에 도착했다.

그리고 이혁의 모아진 두 발꿈치가 승용차의 정면유리창을 거대한 송곳처럼 내리찍었다.

운전석 부분이었다.

콰직!

"크억!"

"뭐… 뭐… 뭐냐!"

무참한 비명과 기절초풍한 외침이 차 안에서 흘러나왔다.

차의 유리창은 일반 유리와는 다르다.

일반 유리는 깨지면 그대로 부서져 내리지만 차의 유리창은 깨져도 그 연결이 완전히 해체되지 않은 채 마치 찌그러지는 것처럼 된다.

이혁의 발에 부서진 유리창은 창 자체가 떨어져 나가면서 안쪽으로 밀려들어 갔고, 운전석에 앉아 있던 사내의 상체를 덮쳤다.

운전을 하던 사내는 민영구였는데 정말 재수가 없었다.

유리창을 부수고도 힘이 남은 이혁의 발끝이 그의 가슴을 찍었던 것이다.

해머 같은 위력의 발에 찍혔는데 비명이 안 나오려야 안 나올 수가 없다.

이혁이 관성에 의해 차 안으로 빨려 들어가는 것을 막기 위해 차의 바깥 천장 모서리를 잡아 힘을 주자 발이 창밖으로 빠져나오며 그의 신형이 승용차의 위에서 한 바퀴 더 공중제비를 돌았다.

그리고 그의 두 발이 지면에 발을 댈 때 운전을 하던 민영구가 기절한 승용차는 모로 꺾이며 옆에 주차된 차 두 대를 들이받고 섰다.

쿠쿵!

승용차의 조수석에서 사내 하나가 엉금엉금 기어나왔다.

이마가 깨지며 흐른 피가 얼굴을 덮고 있었다.

이혁은 몰랐지만 그 사내가 박대복이다.

이혁은 고개를 돌려 뒤를 보았다.

부서진 차의 안쪽에서 멍한 얼굴의 이수하가 입을 벌린 채 그를 보고 있었다.

이혁은 혀를 찼다.

'왜 이 형사하고는 만날 때마다 뭔가 꼬이기만 하는 걸까……'

한 집 한 집 불이 켜지며 골목이 환해졌다.

제9장

"……!"

아침을 먹기 위해 1층 현관문을 열고 들어서던 이혁은 그대로 석상이 되었다.

"호호호, 놀란 토끼눈이네. 들어오지 않고 뭐 해?"

앞치마를 두르고 오정희와 함께 식탁에 반찬을 늘어놓던 시은이 웃으며 그를 불렀다. 하지만 이혁은 주춤거릴 뿐 안으로 들어서지 못했다.

거실 안의 풍경을 본 그는 가능하다면 다시 나가고 싶은 마음이 굴뚝같았다. 하지만 돌아나간다면 모양새가 우습다.

'이게 대체……'

이혁은 얼떨떨한 얼굴로 주방을 향했다.

커다란 식탁 주변에는 오정희와 지윤, 지수뿐만 아니라 생각지도 못했던 두 명의 여고생이 더 앉아 있었다.

연미지, 그리고 채현이었다.

연미지는 거리낌 없이 웃으며 이혁에게 손을 흔들었고, 채현은 볼을 붉게 물들이며 살짝 고개를 숙여 그에게 인사했다. 지윤은 인상을 썼고, 지수는 키킥거리고 있다.

그가 사람이 없는 쪽 자리에 앉자 오정희가 웃으며 말했다.

"혁이는 어제 너무 늦게 들어와서 몰랐지? 미지와 채현이도 하숙생으로 받기로 했어. 둘 다 혁이와 잘 아는 사이라면서? 다행이야. 호호호."

이혁은 고개를 숙이고 식탁에 놓인 반찬들을 노려보았다.

불꽃이 튈 듯한 눈빛이지만 그의 삭막한 분위기는 여자 다섯 명에 의해 사정없이 무시되었다.

오정희는 이혁의 분위기를 오히려 재미있어하며 말을 이었다.

"하숙생을 더 받을 생각은 없었는데 미지와 채현이가 간절하게 부탁을 해서 거절하기 어려웠어. 게다가 미지는 본집이 서울이라 대전 어디서든 하숙을 구해야 하는

입장이어서 더 거절하기 어려웠고, 대전이 집인 채현이
가 하숙을 하겠다는 게 조금 뜻밖이었지만 지수와 초등
학교 동창이라 둘이 선의의 경쟁을 할 수 있을 거 같아
서 받아들였어. 여자들이 많아져서 혁이가 어색할 수도
있겠지만 모르는 사이도 아니니까 서로 잘 지내."

이혁은 쓴 약을 입 안 가득 물고 있는 기분이었다.

'하루 만에 하숙집 분위기가 이렇게 변해도 되는 거
야! 누가 농간이라도 부리지 않았다면 어떻게 이런 일이
벌어질 수 있느냐구!'

밥을 먹는 동안 이혁은 자신이 밥을 먹는지 모래를 씹
는지 모를 지경이었다.

제각각 다른 의미를 가진 여자 다섯 명의 신경이 전부
그를 향해 있는데 밥이 제대로 넘어갈 리가 없는 것이
다.

자신이 건네준 교복으로 갈아입는 이혁을 보며 시은
은 빙글빙글 웃었다.

이혁이 눈살을 찌푸리며 물었다.

"표정이 왜 그래?"

"웃지도 못하니?"

"이상하게 웃으니까 그렇지."

"큭큭큭, 너 대체 대전에서 뭐 하고 다닌 거니? 채현

이가 이 정도로 적극적일 줄은 나도 생각지 못했던 것이
고, 미지는 또 누구야?"

막 교복 상의를 걸쳐 입던 이혁이 손을 멈추고 시은을
돌아보았다.

"채현이를 알고 있었어?"

"그럼."

"어떻게?"

"예전에 이곳에 머물 때 가정교사를 하며 가르친 아
이들 중 한 명이 채현이야."

"……."

이혁은 멍한 얼굴이 되었다가 시은에게 눈을 부라렸
다.

전학 오자마자 채현이 전혀 그를 어려워하지 않으며
살갑게 다가선 이유를 깨달았기 때문이다.

그가 투덜거리며 말했다.

"나 여기 오기 전에 채현이한테 전화했었지?"

"응."

"뭐라 그런 거야?"

"뭘 뭐라 그랬겠어? 그냥 너 대전에 적응할 때까지
돌봐달라고 했지."

"내가 애야?"

"하는 짓 보면 애도 아니고 물가에 내놓은 애기지 뭐."

"으휴……."

이혁은 한숨을 내쉬며 가방을 둘러맸다.

이혁의 앞에 서서 그의 옷매무새를 다듬어준 시은이 물었다.

"그런데 미지는 누구야? 걔가 이곳에 온 이유가 너 때문인 거 같던데?"

시은은 정말 궁금해했다. 그리고 그 때문에 이혁은 더 불편해졌다.

그는 쓴웃음을 지으며 오른손으로 등을 가리켰다.

사선으로 내려가는 그의 손짓을 본 시은의 안색이 살짝 굳었다.

"그 상처?"

"응."

"그럼 전에 네가 얘기했었던 그 애?"

이혁은 말없이 고개를 끄덕였다.

시은의 고운 눈매에 주름이 졌다.

"…생각보다 대전을 빨리 떠나야 할지도 모르겠구나……."

이혁은 혀를 찼다.

그는 자신을 대전으로 보낼 때 시은이 얼마나 많은 노력을 했는지 알고 있었다.

다른 건 차치하고 오정희의 하숙집과 채현을 안배한

것만으로도 알 수 있는 일이었다.

그 노력이 물거품이 될 수도 있었다.

"미안해, 누나."

"당연히 미안해야지."

시은은 싱긋 웃으며 이혁의 가슴을 톡톡 쳤다.

이혁은 그 손을 부드럽게 움켜쥐었다.

"긴장은 좀 해야겠지만 미지가 이 집에 있으면 조용히 넘어갈 확률이 더 높아. 너무 앞서가진 말자구."

"그럴 수 있을까……."

시은은 말끝을 흐렸다.

그런 시은의 어깨에 이혁의 손이 내려앉았다.

"닥치면 어떻게 되겠지. 흐흐흐."

그의 낮은 웃음소리를 들은 시은은 피식 웃었다.

그를 올려다보는 시은의 안색은 밝았다.

"널 대전에 보낸 건 정말 탁월한 선택이었어."

이혁이 인상을 썼다.

대전에 와서 당한 일들을 생각하면 그는 시은의 말에 절대 동의할 수 없었다.

"왜?"

"그냥."

시은은 짧게 대답하며 이혁의 등을 떠밀었다.

'네가 서울에 있을 때보다 얼마나 낙천적이고 긍정적

으로 변했는지 너 스스로는 잘 모르는구나.'

"학교 가야지."

시은과 함께 방을 나온 이혁은 무심코 마당을 내려다보고는 얼굴이 노래졌다.

지수와 지윤, 미지와 채현이 각자의 교복을 입은 모습으로 그를 보고 있었던 것이다.

만화나 영화에서 튀어나온 것처럼 제각각의 개성이 강하고 고개가 저절로 돌아갈 정도로 예쁜 소녀 네 명. 하지만 그녀들과 같은 버스를 타고 가야 할 이혁에게 그녀들은 악몽이었다.

이혁의 기척이 이상해 돌아본 시은이 참지 못하고 허리를 부여잡으며 웃음을 터트렸다.

"하하하하하! 혁이 바쁘겠다, 네 명을 보디가드하려면!"

이혁의 얼굴이 무참하게 일그러졌다.

"영주야, 나 좀 보자."

교과서를 잡아먹을 거 같은 기세로 보고 있던 남영주는 고개를 들었다.

교실의 뒷문에서 그를 부르는 음성에는 살벌한 기운이 담겨 있었다.

고개를 돌려 그 음성의 주인이 이혁임을 안 남영주의

표정이 이상해졌다.

그는 별로 내키지 않는다는 어조로 말했다.

"첫째 시간 시작이 얼마 남지 않았잖아. 할 말이 있으면 점심때……."

"잔말 말고 나와!"

이혁이 뒷문으로 한 걸음 들어서며 나직하게 말했다.

폭발하기 일보직전의 화산을 보는 느낌.

남영주는 찔끔한 기색으로 엉거주춤 일어섰다.

교실은 조용했다.

남녀를 불문하고 학생들은 남영주가 누군가에게 지금처럼 저자세를 보이는 걸 본 적이 없어서 모두 놀란 얼굴이었다.

이혁에 대한 소문이야 귀가 따갑게 들었지만 그렇다고 남영주가 저런 태도를 보인다는 건 그들의 상상 밖이었다.

그들이 아는 남영주는 아무리 주먹이 강한 상대라도 투지를 잃지 않는 사내였기 때문이다.

이혁이 주춤거리는 남영주를 데리고 간 곳은 옥상이었다.

난간을 부서져라 움켜쥔 이혁이 남영주를 흘낏 노려보았다.

살기 넘치는 눈빛.

남영주는 휘파람을 불며 다른 곳을 정신없이 보았다.
하지만 시선에 초점이 없다.

"너지?"

"뭐… 가?"

"채현이를 하숙집으로 보낸 놈!"

"……."

남영주는 힐끗힐끗 이혁의 눈치를 살필 뿐 말을 하지
못했다.

그의 이마에 식은땀이 솟았다.

그는 이혁의 반응이 좋지 않을 거라는 건 예상했지만
이 정도일 거라고는 생각지 못했다.

입을 떼지 못하는 남영주를 본 이혁은 이를 갈다가 푹
하고 길게 한숨을 내쉬며 옥상 난간에 이마를 박았다.

"야, 임마. 미지가 우리 하숙집에 온다는 걸 알았다고
해도 채현이까지 보내면 어떻게 하냐고!"

사비고에서 그의 하숙집을 아는 사람은 남영주가 유
일했다.

그래서 채현이 그의 하숙집에 하숙을 하기로 하는데
남영주가 일조를 했다는 걸 짐작하기는 어렵지 않은 일
이었다.

연미지가 전학 온 당일 날 이루어진 일이다.

소심한 채현의 성격으로는 가능하지 않은 일.

정보가 빠르고 결단력이 있는 누군가가 채현의 배후에 있음에 틀림없었고, 그는 남영주일 수밖에 없었다.

난간에 등을 기대고 팔짱을 낀 이혁이 우울한 어조로 물었다.

"왜 채현이를 우리 하숙집에 보낸 거냐?"

"어제 네가 자율학습을 빠져나간 후에 채현이가 나를 찾아왔었다, 눈이 퉁퉁 부어서. 그냥 두고 볼 수가 없었어."

"빌어먹을, 아주 인물 났구나."

이혁이 탄식처럼 중얼거리자 남영주는 멋쩍게 웃으며 이혁의 말을 받았다.

"그 녀석을 보고 미지에 대해 알아보았다. 미지는 학교가 파하자마자 오 여사님 댁으로 직행했더군. 채현이는 그 얘기를 듣자마자 오 여사님 댁에 하숙을 결정했다. 네가 지윤이네 집에 하숙하고 있던 걸 모르고 있어서인지 반응이 아주 격렬했다."

"지윤이……?"

"얘기했었잖아. 지윤이와 그 녀석은 어렸을 때부터 경쟁심이 강한 사이였다고. 거기에 자기가 네 여자라고 폭탄선언한 미지까지 오 여사님 댁에 하숙하기로 했으니 그 녀석 몸이 단 거지."

이혁은 조금 멍한 표정이 되었다.

그가 말했다.

"몸이 달아? 왜? 그리고 채현이가 대체 왜 우리 하숙집에 그렇게 기를 쓰며 온 거냐?"

남영주는 어리둥절한 얼굴로 되물었다.

"응? 당연히 네가 거기 있고, 경계심을 느낄 만한 애들도 있으니까 그런 거잖아?"

"경계심? 무슨 경계심?"

이번에는 남영주가 멍한 얼굴이 되었다.

그는 어이없어하며 풀썩 웃었다. 그리고 그 웃음소리는 점점 더 커져 갔다.

"으하하하하하!"

"왜 웃어, 임마!"

이혁이 인상을 쓰는 걸 본 남영주는 못 참겠다는 듯 허리를 꺾으며 더 크게 웃었다.

"크크크크크… 너처럼… 둔한… 크크크… 놈은 첨… 봤다……. 크크크."

'이 자식이 미쳤나? 허파에 구멍난 놈처럼 웃네.'

"무슨 소리야?"

"너 혼자 생각해 봐, 임마. 으하하하하하."

미친 듯이 웃던 남영주는 이혁을 혼자 남겨두고 옥상을 떠났다. 그리고 영문을 알지 못하는 이혁은 오만상을 찌푸리며 상념에 잠겼다.

"첩보영화 찍는 듯한 기분이다, 흐흐흐."

조수석에 올라타는 이혁을 보며 편정호가 웃었다.

이혁도 쓰게 웃었다.

그가 타자 승용차는 조금씩 속도를 냈다.

자율학습을 끝내고 미지와 채현에게 둘러싸인 채 버스 정류장으로 가던 중에 만난 편정호였다.

물론, 편정호는 도로변에 주차시켜 놓은 자신의 대형 승용차 안에 있었다.

이혁은 미지와 채현을 먼저 보내고 편정호를 만난 것이다.

10여 분 동안 이혁과 편정호는 말이 없었다.

편정호가 입을 뗀 것은 승용차가 대전외곽의 한적한 도로에 들어선 다음이었다.

"네가 알아봐 달라고 부탁-이 단어를 편정호는 잔뜩 힘주어서 말했다-한 거 좀 알아봤는데, 생각보다 복잡하더군."

이혁은 편정호를 흘깃 보았다.

편정호 정도의 인물이 복잡하다고 하면 정말 복잡한 것이다.

말없이 자신의 말을 기다리는 이혁의 자세에 만족스런 미소를 지은 편정호가 말을 이었다.

"네가 알고 싶은 걸 바로 말해주면 좋겠지만 그러면 네가 그 내용을 이해하기 힘들 거다. 배경을 먼저 알아둘 필요가 있어."

"말해봐."

"대전에 있는 조직들은 군소조직까지 치면 대략 20여 개 정도 된다. 하지만 두 개의 조직을 빼면 나머지는 그냥 동네 양아치들 수준이야. 5년 전까지 대전의 암흑가는 그 두 개의 파가 양분하고 있었지. 그 두 개의 조직은 정근이파와 유성회라고 한다."

말을 하는 편정호의 눈빛이 묘하게 변해갔다.

분노와 한이 섞인 눈빛이랄까.

"정근이파는 대전 암흑가의 적통이라고 할 수 있다. 역사도 길어서 30년이 넘지. 70년대에 호남세가 전국적인 규모로 성장할 때도 그들은 대전에 나와바리를 구축하지 못했었다. 그게 정근이파 보스였던 차정근 씨 때문이었지. 정근이파와 대립했던 유성회는 정근이파의 방계조직을 이끌던 최일이라는 놈이 독립해서 만든 조직인데 그 역사는 10년 정도밖에 되지 않는다. 하지만 현재는 대전을 석권하고 있지."

"하극상?"

이혁이 불쑥 묻자 편정호의 얼굴이 일그러졌다.

그는 이를 갈며 대답했다.

"으드득, 그래. 최일은 독하고 솜씨가 있는 놈이었지만 천성적인 반골이어서 남의 밑에 있을 놈은 아니었다. 10년 전에 그놈이 자기를 따르는 놈들을 이끌고 독립했을 때 정근이파 내부에서는 그놈을 제거해야 한다는 여론이 비등했었다. 하지만 차정근 씨는 그 의견을 받아들이지 않았지. 최일이 너무 독한 놈이라 희생이 클 걸 우려하셨고, 또 당시 최일은 자기가 독립은 했어도 차정근 씨의 영향력 아래 있고 그 영향력을 벗어날 생각이 전혀 없다며 넙죽 엎드렸었다. 그런 최일의 태도에 차정근 씨는 방심했던 거지. 그놈을 조심해야 한다고 내가 그렇게 여러 차례 말씀드렸었는데……."

편정호는 한숨을 내쉬었다.

이혁이 물었다.

"너도 정근이파 소속이었냐?"

편정호는 보일 듯 말 듯 고개를 끄덕였다.

"보스가 실종된 건 5년 전이다……. 으드득… 그분이 사라지고 정근이파는 사분오열되었다. 정근이파는 보스의 개인적인 명성과 카리스마로 유지되었기 때문에 그분의 부재는 조직에 치명타가 된 거지. 게다가 그분이 없는 조직을 이끌 특출난 사람도 없는 상황이었고."

편정호의 눈은 초점이 흐트러지고 있었다.

"그분의 실종에 최일이 연관되어있다는 건 증거만 없

을 뿐 모두가 인정하는 일이었다. 그리고 설사 최일이 관련이 없더라도 대전 전체를 장악하려는 유성회와의 싸움은 피할 수 없는 일이었다. 사람들은 정확히 세 부류로 갈라졌다. 한 부류는 유성회와 전면전을 해야 한다는 사람들이었고, 다른 부류들은 유성회와 공존해야 한다는 사람, 그리고 마지막은 유성회와 통합해야 한다는 사람들이었다. 그렇게 분열한 정근이파를 제거하고 유성회가 대전을 접수한 건 뭐… 누구나 예상할 수 있었던 결과였다."

"티엔티가 유성회와 관련이 있군."

편정호의 눈이 초점을 찾았다.

"이해가 빨라서 좋구나."

그는 이혁을 보며 내심 떨떠름하게 입맛을 다셨다.

혼자 털레털레 걸어 다니는 모습을 보고 있을 때는 나사 하나 빠진 놈처럼 멍한 구석도 느껴지는데 직접 상대하면 그 인상이 얼마나 잘못된 것인지를 알게 하는 인물이 이혁이었다.

"유성회 본류와 직접 연결된 건 아닐 테고…… 키우는 애들인 건가?"

"네 생각이 맞다. 알아보니까 장일수가 관심을 갖고 키우는 애들이더라."

"장일수?"

"유성회 행동대 넘버 투인 놈이다. 전체 서열이 칠위 던가 팔위던가 그렇다. 잔인하고 연장질에 일가견이 있 는 놈이지."

이혁이 눈살을 찌푸렸다.

"유성회 규모가 어느 정도야?"

"검찰과 경찰에서 계보를 두고 관리하는 놈은 1백 명 정도지만 비계보와 걔들이 파악하지 못한 놈들까지 포함 하면 3백 명은 수월하게 넘어갈 거다."

"흠… 작지는 않군."

"대전이 촌동네는 아니니까."

"그런 유성회가 뒤를 봐주는 데도 티엔티가 영주를 손대지 못하는 배경이 되는 인물이 누구야?"

"궁금한가?"

"물론이지."

"사실은, 알아보면서 나도 궁금했었다. 흐흐흐."

편정호가 이혁을 보며 웃었다.

정보를 쥔 자의 여유가 가득 배인 웃음이었다.

이혁은 편정호를 방해하지 않았다.

아쉬운 건 그이기도 했지만 편정호의 얘기를 들으며 편정호가 처해 있는 상황이 그리 녹록치 않다는 것을 알 게 되었기 때문이었다.

정근이파의 족보를 잇는 편정호다.

유성회가 석권한 대전에서 그가 생존하고 있는 것은 신기한 일이었다. 그리고 그 생존을 위해 편정호가 얼마나 긴장된 생활을 하고 있을지는 어렵지 않게 알 수 있었다.

그는 편정호에 대한 인식을 새롭게 할 필요를 느꼈다.

그가 만난 편정호는 맺고 끊는 것이 분명했고 낙천적인 기질이 강한 사내였다.

그의 주변 환경을 모를 때는 그러려니 했지만 그가 처한 상황을 알게 되자 이혁은 내심 감탄했다.

강단이 어지간한 사내라도 오줌을 지리며 꽁지를 뺄 상황에서 웃음과 여유를 잃지 않는다는 건 쉬운 일이 아니다.

"누구야?"

"홍승재. 들어본 적 있나?"

이혁은 고개를 저었다.

"없다."

예상했던 대답이라는 듯 편정호는 고개를 아래위로 주억거렸다.

"하긴 은퇴한 지 오래된 분이니 네가 알 턱이 없지. 하지만 너와 전혀 무관한 사람은 아니야."

"뭐?"

어리둥절해진 이혁이 되물었다.

생판 처음 들어보는 사람이 그와 무관하지 않다는 게 이해가 되지 않은 것이다.

"주욱 조사를 하다 보니까 네 주변에 있는 여자애 하나가 그분과 혈연관계더군."

"누가?"

"홍채현이라는 여자애. 어제부터 네가 사는 하숙집에 들어왔던데?"

"채현이?"

이혁은 자기도 모르게 입을 벌렸다.

'일이 대체 어떻게 돌아가는 거야?'

"그래. 홍승재 씨는 그 여자애 친삼촌이야. 10여 년 전까지 전국구 파이터로 이름을 날렸던 분이다. 그리고 서울의 강북을 장악하고 있는 상산파의 보스 이자룡과는 호형호제하는 사이시고. 실종되신 보스와도 막역한 사이셨다. 수년 전에 손을 씻고 대전에 내려와 농사지으며 소일하고 있는 것으로 알고 있었는데 실상은 조금 다르더군."

편정호는 혀를 축이고 말을 이었다.

"채현이라는 여자애 아버지가 대전에 내려와 건설업으로 승승장구한 데는 그분의 입김이 많이 들어갔던 것 같다. 건설 쪽이 본래 조직들하고 관련이 깊으니까. 이권도 크고. 은퇴를 번복할 정도로 일을 도와주는 건 아니지만 곤란한 일 중재 정도는 하는 듯하다. 그런 그분이 영주라는 녀석의 일에 개입했던 모양이다. 남영주가 먼 친척이라던데 아마도 몇 마디 언질을 했겠지. 하지만 유성회로서는 그 말을 무시할 수는 없었을 거야. 이자룡과 그분은 피를 나눈 형제처럼 가깝다고 알려져 있는데 그분이 열받으면 이자룡이 대전에 행차할 수도 있는 일이니까."

편정호의 설명으로 이혁은 남영주에게 품었던 의문이 모두 해소되는 것을 느꼈다.

그는 의자에 등을 파묻었다.

"유성회라……."

그는 머리가 지끈거렸다.

'생각보다 쉽지 않겠는걸…….'

티엔티를 다잡을 명분을 확보한 참이다.

떡본 김에 제사 지낸다고 티엔티의 배후까지 다 잡으려 했는데 그 배후가 만만찮았다.

두려움이야 본래 그하고는 상관이 없는 감정이라 그런 것을 느끼지는 않았지만 귀찮은 일이기는 했다. 그리고 시은을 긴장하게 만들 것도 분명했다.

그로서는 후자가 더 신경 쓰였다.

시은을 걱정하게 만들 일은 하고 싶지 않은 것이다.

그가 잠시 생각에 잠겨 있는 사이 어느새 승용차는 그

의 하숙집과 2백 미터 떨어진 골목길에 도착해 있었다.

"간다."

이혁은 편정호와 눈인사를 하고 차에서 내렸다.

"후후후, 이제는 네가 내 부탁을 이행할 차례다."

편정호는 히죽 웃으며 말했다.

고개를 끄덕이고 등을 돌리는 이혁의 얼굴은 조금 굳어 있었다.

하숙집으로 향한 골목길을 터벅터벅 걷던 이혁은 걸음을 멈췄다.

그가 걸어오는 것을 흔들림 없는 시선으로 지켜보고 있는 사람이 있었다.

5백 씨씨쯤 되어 보이는 커다란 오토바이에 엉덩이를 걸치고 그를 보며 웃고 있는 여인.

이수하였다.

늘 그렇듯이 달라붙는 푸른색 티였고, 바지는 면이 아닌 청바지였다.

몸매의 굴곡이 완연하다.

"고등학생이 형사보다도 귀가시간이 늦네."

"일은 끝난 겁니까?"

이혁은 반가웠다. 하지만 입 밖으로 나온 음성은 무뚝뚝했다.

이수하는 어깨를 으쓱했다.

피로가 묻어나는 얼굴이지만 눈에서는 아직 가시지 않은 지난밤의 열기가 엿보였다.

"복잡한 건 다 끝났어. 남은 건 구속영장 치는 건데, 그거야 다른 직원들이 하면 되는 거니까. 영장시한까지는 아직 열두 시간 정도 여유가 있어. 다시 들어가야 하지만 너 만날 정도의 시간은 있어."

이혁은 지난밤을 생각하며 내심 혀를 내둘렀다.

두 놈을 잡은 뒤의 일이 더 복잡했기 때문이다.

이수하의 요청을 받은 119 구급대와 중부서 형사기동대, 그리고 관할경찰서 지구대 순찰차까지 10여 분 간격으로 도착해 골목을 통제했었다.

그리고 경찰 일은 검거 후에 더 바빠지기 때문에 그는 다른 경찰들이 도착한 후 이수하와 제대로 말 한 마디 하지 못하고 중부서 강력2팀 사무실에서 참고인진술서를 작성하고 귀가했었다.

"그놈들은 어때요?"

"박대복은 이마가 찢어진 상처뿐이고, 민영구는 왼팔이 부러져서 깁스를 했어. 대단한 발길질이었다고 경찰서가 떠들썩해."

이혁은 쓴웃음을 지었다.

민영구는 유리창을 부수며 파고드는 이혁의 발길질에

놀라 엉겁결에 두 팔로 앞을 막았는데 그중 왼팔이 부러
진 것이다.

"다른 때 같았으면 과잉무력사용에 대한 논란이 있었
을 테지만 잡은 게 고등학생인 너였고, 또 그놈들이 차
로 내 차를 들이받아서 아무도 문제 삼는 사람이 없어.
그놈들, 이번에 들어가면 최하 5년은 못 나올 거야. 절
도와 강도 여죄가 30건이 넘는 데다가 특수공무집행방
해치상(근무 중인 경찰관을 상처 입혔을 때 성립)까지
곁들였으니까."

이혁을 보는 이수하의 눈빛은 열기가 깃들었는데도
묘하게 부드러운 느낌이었다.

이혁은 머쓱해하며 물었다.

"몸은요?"

그가 안아서 충격을 완화시키긴 했어도 정면으로 들
이 받친 이수하의 충격은 작지 않았다.

"지금 내 걱정해 주는 거야?"

이수하가 코를 찡긋거리며 웃었다.

"걱정은 무슨……."

이혁이 어색하게 말하는 것을 들으며 이수하는 오토
바이에서 엉덩이를 뗐다.

그녀가 바지 뒤 호주머니에서 무언가를 꺼내더니 이
혁에게 건넸다.

핸드폰이다.

"……?"

"선물이야."

"필요 없는데……."

"어쭈, 안 받아?"

이수하가 인상을 썼다.

"너는 필요 없을지 몰라도 나는 필요해. 내 명의로 되어 있고, 요금도 내가 내. 너는 그냥 쓰기만 하면 돼."

이혁은 떨떠름한 얼굴이었다.

그는 몸에 쇠붙이를 붙이고 다니는 것을 싫어해서 시계도 차지 않는다.

더구나 핸드폰은 문명의 이기이면서도 개목걸이 역할도 하는 물건이 아닌가.

그는 일 때문에 시은이 지급한 대포폰 말고는 자기 명의의 핸드폰을 가졌던 적이 없었다.

"저하고 연락할 일이 많지도 않잖습니까?"

"많을지 적을지 어떻게 알아? 받아."

이유는 알 수 없었지만 이수하의 분위기를 볼 때 받지 않으면 사단이 나도 단단히 날 것이 분명했다.

이혁은 손에 든 핸드폰을 슬며시 쥐어보았다.

핸드폰이 있으면 이수하와 언제든 통화할 수 있었다.

그런 자신의 뇌리를 스쳐 지나가는 생각에 흠칫 놀라

면서도 그는 마음을 정했다.

"받겠습니다."

이수하의 얼굴이 봄바람 맞은 처녀처럼 풀어졌다.

분위기가 묘해졌다.

이수하의 미소에 묘하게 피가 뜨거워지는 기분이 된 이혁은 핸드폰을 호주머니에 넣으며 화제를 바꾸어 물었다.

"그놈들이 숨겨둔 장물은 찾았습니까?"

"응. 발견될 거라고는 상상도 안 했었던 거 같아. 장물 시가가 일억을 가뿐하게 넘어. 시가 칠천짜리 다이아몬드 목걸이가 섞여 있어서."

어젯밤 이혁은 민영구와 박대복을 잡은 후 그들의 장물에 관한 정보도 이수하에게 넘겼다. 물론, 출처는 밝히지 않았고.

"잘됐군요."

이혁의 말에 이수하는 고개를 끄덕였다.

민영구와 박대복은 대도 소리 들을 정도는 아니어도 드물게 보는 대어였다.

강력팀 형사 입장에서 이 정도의 사건을 해결하면 기분이 나빠지려야 나빠질 수가 없다.

"갈게."

핸드폰을 건네주고 오토바이에 탄 이수하가 헬멧을

쓰며 말했다.

이혁은 고개를 끄덕였다.

"한가해지면 연락 주십시오. 물어볼 게 있습니다."

"응?"

헬멧 속에서 이수하의 눈이 빛났다. 하지만 이혁이 입을 열 기색을 보이지 않고 쳐다만 보자 그녀는 피식 웃고는 오토바이의 시동을 걸었다.

부릉, 부릉…….

이수하가 떠난 자리에는 어딘지 허전한 기색으로 쉽게 걸음을 떼지 못하는 이혁만 남았다.

〈『켈베로스』 제3권에서 계속〉

1판 1쇄 찍음 2014년 4월 28일
1판 1쇄 펴냄 2014년 5월 2일

지은이 | 이주용
펴낸이 | 정 필
펴낸곳 | 도서출판 **뿔미디어**

편집장 | 이재권
기획 · 편집 | 윤영상

출판등록 | 2002년 9월 11일 (제081-1-132호)
주소 | 경기도 부천시 원미구 상동로 117번길 49(상동) 503호 (우)420-861
전화 | 032)651-6513 / 팩스 032)651-6094
E-mail | bbulmedia@hanmail.net
홈페이지 | http://bbulmedia.com

값 8,000원

ISBN 979-11-315-1142-8 04810
ISBN 979-11-315-1140-4 04810 (세트)

www.bbulmedia.com